Margot Benary-Isbert

Vom Glück der reifen Jahre

Margot
Benary-Isbert

Vom Glück der reifen Jahre

ERZÄHLUNGEN

KNECHT
FRANKFURT AM MAIN

Die in dieser Großdruckausgabe vereinigten Beiträge sind den folgenden Büchern von Margot Benary-Isbert entnommen:
«Das Abenteuer des Alterns», «... ein heitrer Abend krönt den reichen Tag» und «Mädchen für alles».

Gedruckt auf umweltfreundlichem,
chlor- und säurefrei gebleichtem Papier

Großdruckausgabe

Herstellung: fgb · freiburger graphische betriebe 2006
www.fgb.de
Umschlag: Weiß – Grafik & Buchgestaltung, Freiburg

ISBN-13: 978-3-7820-0895-2
ISBN-10: 3-7820-0895-2

INHALT

EINE FAMILIENGESCHICHTE

Wenn ich in alten Papieren herumkramte, ist es mir schon mehr als einmal passiert, daß ich plötzlich ein längst vergessenes Schriftstück in der Hand hielt, das genau zu der Arbeit paßte, mit der ich gerade beschäftigt war. So fand ich auch vor einigen Monaten ein Manuskript, das schon mehr als zwanzig Jahre zwischen vielen anderen gelegen hatte. Da hat eine Großmutter für Enkel und Urenkel die Familiengeschichte aufgeschrieben, wie man es sich von jeder Großmutter wünschen möchte. Sie ist schon lange tot, und ich will sie hier mit dem zärtlichen Namen nennen, unter dem sie bei den Freunden der Familie bekannt war: Oma Knülpchen. So hatte sie der Schwiegersohn nach dem armen, immer heiteren Vagabunden Knulp genannt, der Titelfigur einer frühen Erzählung von Hermann Hesse. Als wir sie kennenlernten, war sie alt, fast so arm wie Knulp und ebenso zufrieden wie der. Sie selbst und die Familie der Tochter hatten in der Inflation nach dem ersten Weltkrieg ihr Vermögen verloren. Zu der Zeit der wild gewordenen Zahlen war Knülpchen vorübergehend allein im Tessin, während Tochter und Schwiegersohn in Deutschland versuchten, etwas aus dem Zahlenwahnsinn zu retten. Die alte Dame bekam damals einen Brief ihrer deutschen Bank, in dem ihr mitgeteilt wurde, daß ihr Konto zu soundso viel Millionen, oder vielleicht waren es auch schon Billionen, angeschwollen sei und was damit geschehen solle. Da sie keine Tageszeitungen las, war sie völlig überrascht. Sie ging zu einem Schweizer Bankier und fragte ihn um Rat, wie dieses schwindelhafte Vermögen am besten anzulegen sei. Er sah sie fassungslos an: »Aber meine liebe gnädige Frau! Wissen Sie denn, wieviel diese Millionen in Schweizer Franken sind?« »Sagen Sie es mir bitte.« – »Genau 27 Franken und 50 Rappen«, erklärte der Mann, nachdem er schnell etwas auf ein Blatt geschrieben und ausgerechnet hatte. Das fand nun Knülpchen so komisch, daß sie erst einmal laut lachen mußte. Dann sagte sie: »Wissen Sie was, Herr X. Da gehen wir jetzt zu Biaggi und schlemmen nochmal ganz groß zusammen.« Für 27 Franken konnte man damals in diesem bekannten Schlemmerlokal in Lugano noch »ganz groß« zu zweien speisen. Und das taten die beiden. Später mußte sie selbst und die Familie der Tochter noch einmal ganz neu anfangen und sie taten es im Tessin, nicht nur einmal, sondern wiederholt.

Damals, es muß um 1930 gewesen sein, hatten mein Mann und ich uns ganz plötzlich zu einer kleinen Herbstreise entschlossen, kamen unangemeldet in Lugano an und fanden in dem gewohnten Hotel kein Zimmer mehr. Zufällig trafen wir die Baronin A. auf dem Verkehrsverein (wenn man denn Zufälle gelten lassen will) und kamen ins Gespräch. Der Endeffekt war, daß sie uns kurzerhand mit nach Torricella nahm, einem Dörfchen oberhalb des Sees, wo die Familie samt der Großmutter in einem malerischen alten Tessiner Haus lebte. Wir bekamen als zahlende Gäste ein Zimmer auf dem Dachboden neben dem Taubenschlag, ohne fließendes Wasser und sonstigen modernen Komfort, aber mit einem großartigen Blick auf die Berge und den See. Offenbar hatte der Knulpsche Geist auch uns bereits ergriffen, denn das Fehlen jeder gewohnten Bequemlichkeit schien uns nur den Reiz dieses Quartiers zu erhöhen. Wir wuschen uns schnell Gesicht und Hände in der altmodischen großen Schüssel – »Denk nur, was für eine kleine die Madame de Pompadour hatte!« sagte Ben vergnügt –, gingen dann hinunter und wurden in der Küche Knülpchen vorgestellt. Zwei strahlende blaue Augen lachten uns entgegen aus einem faltigen, immer noch schönen Altfrauengesicht. Sie legte den Löffel hin, mit dem sie in der Minestra gerührt hatte, nahm die Zigarette aus dem Mund und sagte: »Willkommen. Gleich gibt es etwas zu essen.« Der große Eisenherd rauchte und glühte; die Suppe duftete einladend. Die alte Dame trug eine ihr viel zu große, an den Ellenbogen schon etwas dünne Wolljacke, die sie, wie wir später erfuhren, von ihrem riesigen Schwiegersohn geerbt hatte. Auf der von Weinlaub umrankten Steinterrasse war der Tisch gedeckt, die schönen Kinder des Hauses und drei weitere Gäste, der Schriftsteller Paul Kornfeld und der Schauspieler und Regisseur Carl Ebert mit seiner Frau, fanden sich dazu. Die Minestra hätte uns bei Biaggi nicht besser schmecken können; es gab viel geriebenen Käse und knuspriges Weißbrot dazu. Danach eine Riesenschüssel Salat, frisch aus dem Garten, den der Hausherr, von Beruf Maler, selbst bestellte. Aus bunten Steingutkümpchen tranken wir den leichten Tessiner Rotwein, der im Pensionspreis inbegriffen war.

Als es kühl wurde, gingen wir ins Haus. Überall standen Herbstblumen in Vasen und großen Schalen, und an den Wänden hingen schöne Blumenbilder, die im Kerzenschein warmes Leben bekamen. Vom nahen Kirchturm fielen die Stundenschläge in die Dämmerung, ohne daß wir sie zählten. Wir Frauen saßen eng nebeneinander auf dem zerschlissenen Sofa, unter dem friedlich die ungestopften Strümpfe der Familie lagen. Jemand las ein Gedicht vor. Es wurde über ein neues Theaterstück diskutiert; ich weiß nicht mehr, ob es an diesem Abend eins von Kornfelds Dramen war, über das wir sprachen. Einmal stand der Schwiegersohn plötzlich auf, um Oma Knülpchen zu umarmen und ihr zu sagen, wie großartig sie heute wieder gekocht habe. »Und dabei hat sie bis zu ihrem vierzigsten Jahr nie eine Küche von innen gesehen!« erklärte er uns. Sie war der Mittelpunkt des kleinen Kreises, von allen geliebt, von den Enkeln verehrt, von den Gästen verwöhnt, soweit sie sich gelegentlich einmal ein bißchen verwöhnen ließ. Dieser Septemberabend war für uns der Anfang einer langen Freundschaft. Wir kehrten oft in das Torricella-Haus zurück.

Für die Enkel hat Knülpchen dann vor ihrem Tode noch ihre Erinnerungen aufgeschrieben.

»Ich habe keine gewandte Feder«, so begann sie. »Oft genug bin ich damit geneckt worden, daß ich nicht einmal gern Briefe schreibe. Was ich hier aufschreibe, ist auch nicht besonders interessant. Aber ich möchte doch, daß die Enkel und Urenkel einmal etwas über ihre Vorfahren lesen können, was sonst vielleicht vergessen wird. Darum schreibe ich es für sie und vielleicht für noch spätere Nachkommen auf.«

Und nun steigt eine Galerie erlauchter Ahnen aus den Gräbern, und eine längst vergangene Zeit bekommt noch einmal blutwarmes Leben. Einfach und unprätentiös ist dieser Bericht, wie es dem Wesen der Schreiberin entsprach; es ist kein falscher Ton, kein unnötiges Wort in dem ganzen Schriftstück.

In dem westfälischen Herrenhaus Kückelingk wuchs die junge Komtesse mit zwei älteren Schwestern auf. »Mein Vater, Graf Christian von Korff, genannt Schmiesing-Kerstenbrock aus dem Hause Brincke, hatte das Gut Kückelingk gekauft, als er bei den elften Düsseldorfer Husaren seinen Abschied nahm«, so beginnt sie. »Der Offiziersberuf hatte ihm nie sehr gelegen. Das große Haus aus dem Jahre 1311 war wie eine Festung, ganz von Wassergräben umgeben, auf denen schöne Schwäne schwammen. Es hatte noch Schießscharten und war mit einer Zugbrücke gegen den Obst- und Gemüsegarten und die weitläufigen Wirtschaftsgebäude, in denen auch die Wohnung des Verwalters lag, abgeschlossen. Das Personal bestand aus zwanzig bis fünfundzwanzig Personen. In der Küche waltete die Köchin mit ihren zwei Helferinnen. Eine Jungfer sorgte für meine Mutter, eine zweite für uns Schwestern. Die Jungfern mußten schneidern und frisieren können. Der Diener hatte das Silber zu putzen, die Tafel zu decken und zu servieren. Er mußte jeden Tag achtzehn Petroleumlampen neu füllen und reinigen und, ich weiß nicht mehr wie viele, Öfen heizen. Eine Anzahl von Hausmädchen besorgten die Zimmer, und jeden Montag kamen zwei Waschfrauen aus dem Dorf für die große Wäsche. Dienstboten fand man leicht in den umliegenden Dörfern. Die meisten waren ehrlich, geschickt und anhänglich und bekamen wenig Lohn. Ich hatte bis zu meinem vierten Jahr eine Kinderfrau. Mit sieben Jahren bekam ich eine Erzieherin, von denen ich im Laufe der Jahre sieben oder acht verbrauchte. Sie alle haßten das Landleben, das wir so liebten. In Religion und Französisch, der Umgangssprache in der Familie, unterrichtete uns die Mutter selbst. Unsere Eltern waren gütig und zärtlich, aber auch streng. Ihr Wille war Gesetz; es wäre uns nicht im Traum eingefallen, daran rütteln zu wollen.«

Nun wird die genau eingehaltene Tagesordnung geschildert. Um sechs Uhr aufstehen, dann zu Fuß und mit nüchternem Magen in die Dorfkirche von Appelhülsen zur Messe.

Danach rollte der Tagesablauf mit strenger Regelmäßigkeit ab bis in die Abendstunden, die die Töchter nach dem leichten Abendbrot von Milch und eingebrocktem Brot mit den Eltern im Wohnzimmer verbrachten. Es wurde Musik gemacht oder vorgelesen und die jungen Mädchen mußten das ganze Jahr hindurch Strümpfe und warme Mützen strikken für die Weihnachtsbescherung der Dorfbewohner.

»Mein Großvater«, so fährt der Bericht fort, »war Obermundschenk am königlichen Hof in Dresden. Seine Frau war eine geborene Herzogin von Esclignac, eine schöne, lebenslustige Französin, die sich wohl nie in Deutschland ganz zu Hause fühlte. Wenn sie bei uns auf Kückelingk zu Besuch war, nannte sie das große Haus mit seinen dreißig Zimmern ›une jolie petite maison de curé‹ – ein nettes kleines Pfarrhaus. Ihre Tochter, unsere Mutter, war auf Schloß Frauenhain bei Dresden aufgewachsen. Ganz in der Nähe lag das alte Schloß Zebeltitz, das unserer Urgroßmutter gehörte, der verwitweten Herzogin von Esclignac, geborenen Prinzessin von Sachsen. Ihr Vater, der Prinz Xavier, konnte nicht König werden, weil er eine wunderschöne, aber für einen königlichen Prinzen nicht ebenbürtige Hofdame, Gräfin Spinozzi, geheiratet hatte. Urgroßmama Mu-Mu, wie wir sie nannten, hatte nur Sinn für ihren Stall voll schöner Pferde und für ihre beiden Möpse, die bei Tisch auf zwei Taburetts neben ihr saßen. Mu-Mu war klein und zierlich, aber enorm stark. Sie ritt noch mit siebzig Jahren ihre Hengste zu und fuhr jeden Sommer vierspännig nach Teplitz ins Bad.«

Dann berichtet Oma Knülpchen noch von ihrer kurzen, glücklichen Ehe mit dem Baron Bothmer, Hauptmann in einem hessischen Leibgarderegiment, mit dem sie aus der ländlichen Abgeschlossenheit von Kückelingk in seine Garnison Darmstadt zog, wo das junge Paar sich an dem lebhaften, geistig interessierten Kreis des herzoglichen Hofes beteiligen mußte, was Knülpchen, die damals noch nicht Knülpchen hieß, viel Vergnügen machte. »Ihr wißt«, so geht es weiter, »daß die Inflation unseren ganzen Besitz verschlang. Ich zog nach dem frühen Tod meines Mannes zu euren Eltern und folgte ihnen auch ins Tessin, das unsere zweite Heimat wurde. Damit erfüllte sich ein Traum meiner Jugend: in einem Gebirgsland zu leben. Nun kann ich mich täglich an dieser herrlichen Landschaft mit ihren dauernd wechselnden Beleuchtungen freuen.« Von dem chronischen Geldmangel und den mancherlei Sorgen und Entbehrungen wird kein Wort erwähnt. Oma Knülpchen war eine glückliche alte Frau, ihr Leben war auch ohne Geld und Gut reich und erfüllt. Sie war zufrieden in dem heiteren Familienkreis, sie wußte, daß sie gebraucht wurde – und was gibt es Besseres im Alter. Wenn wir in Torricella waren, verging wohl kein Tag, ohne daß die Tochter, der Schwiegersohn, einer der Enkel oder auch ein Gast sagte: »Was täten wir ohne dich (oder ohne Sie)?«

Am Schluß ihres knappen, anschaulichen Berichtes, den ich hier noch etwas gekürzt habe, schreibt sie: »Von unserem Leben hier im Tessin brauche ich euch nichts zu erzählen, das habt ihr ja alles miterlebt. Ihr seht aus meinen Aufzeichnungen, wie anders die Zeit war, in der ich aufwuchs. Wir kannten auf Kückelingk noch kein Telefon und kein Automobil, nicht einmal elektrisches Licht gab es und auch sonst fehlte vieles, was man heute für unentbehrlich hält und was wir hier in dem geliebten alten Tessiner Haus auch wieder ganz gut entbehren können. Aber dafür wußten wir auch nichts von der Hetze und Unruhe der heutigen Zeit, die uns gottlob auch hier fern ist.

Wieder ist ein Krieg über Europa hereingebrochen. Möge Gott uns bald den Frieden schenken.«

Damit schließt ihr Bericht, und welch ein Schatz ist er jetzt für ihre Nachkommen.

MOBILIAR DER SPÄTEN JAHRE

Oft erinnerte ich mich an einen alten Mann, dem ich in meiner frühen Jugend begegnet bin. Er hatte sich nach dem Tod seiner Frau fast zwei Jahre lang ganz von allem Verkehr mit Freunden und Bekannten zurückgezogen. Allein mit seiner Haushälterin lebte er in einer stillen Straße des Frankfurter Westends, in dem Haus, wo er schon geboren war und mit kurzen Unterbrechungen sein ganzes Leben gewohnt hatte. Ein Hüftleiden hinderte ihn seit einigen Jahren am Ausgehen, aber er empfing auch keine Besucher außer seinem Arzt und gelegentlich seinem Anwalt.

Eines Tages, nach Ablauf jener ersten zwei Jahre, bat er meinen Vater, zu ihm zu kommen, mit dem er sich früher zuweilen über Dinge unterhalten hatte, die ihnen beiden wichtig waren. Als mein Vater von diesem Besuch zurückkam, sagte er mir: »Herr K. hat mich gebeten, dich zu fragen, ob du bereit wärst, jede Woche einmal bei ihm zu Mittag zu essen, ihm dann ein wenig Gesellschaft zu leisten und ihm etwas vorzulesen. Seine Augen sind in letzter Zeit sehr schwach geworden.« – »Ich? Aber er kennt mich ja kaum«, sagte ich, erschreckt über die Zumutung, einem fremden alten Mann Gesellschaft zu leisten. Wenn man fünfzehn Jahre ist, gibt es so viele interessantere Dinge zu tun. – »Er ist sehr einsam«, sagte mein Vater. »Eine solche Bitte schlägt man nicht ab.«

Dagegen gab es keinen Widerspruch. Viele Jahre später erst kam ich auf den Gedanken, daß der alte Herr wahrscheinlich einen bestimmten Zweck mit seiner Einladung verbunden hat. Jetzt, wo ich selber alt bin, glaube ich bestimmt, daß es so war. Er wollte einem jungen Menschen zeigen, wie man sein Leben führen muß, um später mit der Einsamkeit des Alters fertig zu werden. Tatsächlich kannte er mich eigentlich gar nicht. Er hatte mich als schüchternen Backfisch ein paarmal bei gemeinsamen Bekannten getroffen, hatte sich dabei ein wenig mit mir unterhalten, nach meinen Interessen, nach meiner Lektüre gefragt, eingehender als sich Erwachsene damals gewöhnlich mit Kindern einließen.

»Meublez votre tête«, sagte er gleich bei einem unserer ersten Gespräche. »Möbliere deinen Kopf!« Der Satz wurde gewissermaßen zum Leitfaden unserer Unterhaltungen. Er selbst, das merkte ich bald, hatte einen außergewöhnlich gut möblierten Kopf, mit dem sich leben ließ, seit die von außen kommenden Anregungen spärlicher geworden waren. Radio und Fernsehen gab es damals noch nicht. Leute, die nicht mehr ausgingen, waren also wirklich auf ihre inneren Quellen angewiesen. Die zwei oder drei gleichaltrigen Bekannten und ein paar frühere Schulkameraden, die noch am Leben waren, besuchten ihn zuweilen, seit er wieder Gäste bei sich sah, aber ich hatte den Eindruck, daß sie ihn langweilten. Wahrscheinlich hatten sie sich nicht beizeiten das richtige Mobiliar für ihr Oberstübchen angeschafft, und einen ganzen Abend lang Skat oder Whist zu spielen, machte ihm kein Vergnügen.

Herr K. war früher mit seiner Frau viel gereist, in einer Zeit, als das Reisen noch umständlicher, beschwerlicher und vor allem langsamer war als jetzt. Dadurch prägten sich die Eindrücke nachhaltiger der Erinnerung ein. Man konnte sie in Ruhe aufnehmen, weil man noch nicht mit internationalen Blitzzügen an Städten und Landschaften vorbeiraste, nicht im Flugzeug über Gebirge und Meere hinbrauste, und auch nicht inmitten eines Menschenknäuls im Laufschritt von Führern durch Museen und Schlösser getrieben wurde.

Seine Frau war in ihren letzten Lebensjahren krank gewesen, und damit hatte auch für ihn das Reisen ein Ende gehabt. Er hatte damals seine große Anwaltspraxis aufgegeben, um immer in ihrer Nähe zu sein. Nun war sein eigenes Leiden so störend geworden, daß er auch das Theater, die Konzerte und Museen unserer Heimatstadt nicht mehr besuchen konnte. Dazu kam, daß er seiner Augen wegen das Lesen, eine lebenslange Leidenschaft, einschränken mußte. Ich sah wahrscheinlich sehr bestürzt aus, als einmal die Rede darauf kam, denn auch ich hatte ja seit meiner frühesten Jugend mehr in Büchern als in der Wirklichkeit gelebt. Er merkte mein Bedauern und schüttelte den Kopf. »Es ist nicht ganz so schlimm, wie du dir das vorstellst. Was ich brauche, habe ich hier, dafür habe ich zeitlebens gesorgt.« Er tippte sich mit dem Finger auf die schöne Goethestirn. »Das gehört mir, und ich kann es jederzeit hervorholen. Wenn mich die Lust zum Reisen ankommt, brauche ich mir nur die Orte, nach denen mich grade gelüstet, ins Gedächtnis zurückzurufen und kann darin umherspazieren mit der Gefährtin von einst. Wir gehen durch alte Gassen und schöne Kirchen und Tempel, wandern über eine Bergwiese im Morgentau, steigen langsam zu einem Berggipfel empor, und die Kissen von Enzian zwischen dem Grau der Geröllhalden sind so leuchtend blau, wie sie es damals waren...« Es war das erstemal, daß er seine Frau erwähnte, aber eigentlich war sie immer da. Das ganze Haus war noch erfüllt von ihr. Sogar ich unerfahrenes junges Ding spürte das.

»Was die Museen betrifft, Kind, da mach nur nie den Fehler, alles auf einmal sehen zu wollen. Dann erinnerst du dich nämlich später an nichts mehr. Wir haben uns immer nur das Einzelne und uns Wichtige betrachtet, das aber so genau, daß es dauernder Besitz wurde. Es gibt eine Anzahl von Plastiken und Bildern, die sich mir bei diesem System unverwischbar ins Gedächtnis gegraben haben. Nicht allzu viele, aber genug für den Rest meiner Tage.«

Manchmal fand ich ihn mit einer Lupe über eine Mappe mit Radierungen gebeugt, die er dann langsam für mich umblätterte. Selten sagte er ein paar kurze Worte dazu: ich hatte nie den Eindruck, daß er, wie meine Lehrer, mein Urteil beeinflussen wollte. Ich sollte selber sehen lernen. So war es auch, wenn ich ihm etwas vorgelesen hatte und wir über das Gelesene sprachen. Dabei sagte ich einmal unüberlegt, das Schlimmste, was einem im Alter passieren könne, müsse doch sein, nicht mehr viel lesen zu können. »Nun, darum füttere ich dich eben jetzt jeden Donnerstag, damit deine jungen Augen meine alten entlasten«, sagte er heiter. »Ich habe schon eine ganze Weile jemand gesucht, dessen Stimme mir angenehm ist. Je schwerhöriger man wird, desto empfindlicher wird man seltsamerweise gegen Stimmen. Als dein Vater mich vorigen

Herbst besuchte, fielst du mir ein. Wir unterhielten uns ja ein paarmal miteinander, als du noch ein halbes Kind warst. Ich erinnere mich, daß ich damals dachte: wenn diese Stimme erst noch ein wenig mehr timbre bekommen hat, möchte ich sie gern einmal Hölderlin-Gedichte lesen hören, oder Eichendorff, »Wer in die Ferne will wandern, der muß mit der Liebsten gehen...« Wie lange kommst du jetzt schon zu mir? Seit September, nicht wahr? Sieben Monate. Wie schnell die Zeit vergeht! Wenn ich dich manchmal langweile, sag es ruhig.«

»Ich komme gern«, sagte ich wahrheitsgemäß. »Ich habe mich noch nie eine Minute bei Ihnen gelangweilt.«

»Gut!« sagte er, sichtlich erfreut. »Übrigens habe ich nach dem Grundsatz »meublez votre tête« allerhand auswendig gelernt, als mir das Lesen noch weniger beschwerlich war. Gedichte, Monologe, Reden, Absätze vollkommener Prosa oder was ich dafür halte. Ein ganzes Repertoire, um mir selbst eine Vorstellung zu geben, wenn ich gelegentlich nachts wachliege. Und fast jedesmal entdecke ich dann irgend etwas, was mir früher entgangen ist. Ich lese ja auch ab und zu noch ein wenig, und weil ich mich jetzt mit dem Wenigen begnügen muß, kann ich jede Zeile gemächlich genießen und mir überlegen. Das prägt sich dann dem löcherig wie ein Sieb gewordenen Gedächtnis doch noch ein, und es gehört mir intimer, als vieles, was ich in der Jugend heißhungrig in mich hineinschlang, statt es gründlich zu kauen und zu verdauen.« Er hatte natürlich schon bemerkt, daß auch ich viel zu schnell und oberflächlich las.

»Höre nicht auf, dich im Auswendiglernen zu üben«, mahnte er. »Du wirst im Alter froh darüber sein. Vergiß auch nicht, daß Musik unbedingt zum Mobiliar der späten Jahre gehört. Ich habe sogar jetzt angefangen, wieder etwas Klavier zu spielen. Zur Auffrischung der Erinnerung, verstehst du. Abends, wenn meine Trina zu Bett gegangen ist, stört mein Geklimpere niemand, und mir macht's Freude. – Was hat Goethe gesagt? Man sollte jeden Tag etwas gute Musik hören, ein schönes Gedicht lesen, ein schönes Bild ansehen und wenn möglich ein paar verständige Worte reden.«

Wie lebhaft sind mir viele unserer Unterhaltungen im Gedächtnis geblieben. Die seltsame Freundschaft zwischen einem sehr alten

Mann und einem sehr jungen Mädchen dauerte kaum länger als ein Jahr, denn zu Weihnachten des nächsten Jahres lebte er schon nicht mehr. Jedesmal erinnere ich mich noch dankbar an ihn, wenn ich versuche, mir vor dem Einschlafen ein Gedicht aufzusagen oder eine Melodie mit dem »inneren Ohr« erklingen zu lassen. Und nie habe ich es aufgegeben, jeden Tag etwas Schönes zu lesen, zu hören, anzusehen oder wenigstens eins von den dreien. Was die verständigen Worte betrifft, so wollen wir das dahingestellt sein lassen.

»Meublez votre tête«, das ist einer der nützlichsten Ratschläge, die ich je bekam. Ohne ihn wäre es mir noch viel schwerer geworden, viele Jahre nach dem Tod dieses alten Freundes meine eigene Alterseinsamkeit fruchtbar zu machen. In seinem letzten Lebensjahr hat er noch einem anderen Leben Richtung gegeben, und so lebt denn auch seine »innere Gestalt« fort, so lange ich noch da bin.

DER ALTE FRANCK UND DAS SCHÄDELCHEN

Im Frankfurter Völkerkundemuseum gab es in der Zeit vor dem ersten Weltkrieg einen ungewöhnlichen ehrenamtlichen Mitarbeiter. Er betreute die prähistorische Abteilung. »Der Herr Direktor Franck« wurde er meist bei uns genannt, aber der Direktortitel hatte nichts mit dem Museum zu tun. Er stammte von einer Schuhfabrik, die Franck bis zu seinem sechzigsten Lebensjahr geleitet hatte, immer mit dem Ziel vor Augen, einmal genug Geld erspart zu haben, um den Rest seines Lebens seiner einzigen Leidenschaft, der Vorgeschichte, zu widmen. Das hatte er erreicht, und seitdem gab es für ihn nur noch eines: Knochen und Steine.

Es versteht sich, daß Franck Junggeselle war. Für eine Frau wäre kein Platz gewesen in seinem Leben und auch nicht in seiner sonderbaren kleinen Wohnung in der Neuen Mainzer Straße, wo er für sich selber kochte und nur einmal wöchentlich einer Putzfrau Zutritt gewährte, um die unerläßlichen Hausarbeiten zu erledigen. Nachdem ich ihn einmal in einer Museumsangelegenheit in seiner Behausung aufgesucht hatte, war mir klar, daß das Los dieser Putzfrau kein leichtes war. Wie muß es schon ein einfältig Gemüt beunruhigen, wenn auf jedem Tisch und Stuhl, auf jedem Gesims und in jedem Schrank Totenschädel und Gerippe umherliegen! Außerdem aber war der Armen alles verboten, was das Leben einer Putzfrau ausmacht. Staubwischen zum Beispiel kam kaum in Frage, denn all das Knochenwerk durfte sie weder, noch wollte sie es anfassen. Aber selbst was das Wischen der Fußböden betrifft, waren ihre Befugnisse nur beschränkt. Es wunderte mich darum nicht, wenn immer wieder von Zeit zu Zeit Herr Franck beiläufig erwähnte, Putzfrauen seien eine unbeständige Menschensorte, seine habe ihm schon wieder zum nächsten Ersten den Dienst gekündigt. Er selbst empfand es nicht, daß seine häusliche Umgebung vom bürgerlichen Begriff eines trauten Heims weit entfernt war; ebensowenig, wie er Notiz davon nahm, daß sein einst schwarzer Gehrock, den er Sommer und Winter trug, allmählich ins Grünliche schillerte, und daß seine Ärmelkanten ausgefranst waren. Er war besessen von seiner Liebe zu prähistorischen Ausgrabungen; alles andere war ihm vollkommen einerlei.

Wenn man ihn an einem trüben Tag unversehens aus einem Winkel der Abteilung für Anthropologie und Urgeschichte auftauchen sah, konnte man leicht glauben, er sei einem Sammlungsschrank entsprungen. Ein kleines, mageres, graues Männchen mit blankem Schädel und den langen Armen eines Anthropoiden, immer etwas von Knochen in der Hand, den genähten Plastron windschief am Kragen hängend, so lebt er in meiner Erinnerung, dessen Sterbliches nun schon seit Jahrzehnten in einer Urne ruht. Seine Hände waren lehmfarben vom dauernden Umgang mit erdigen Dingen, die Daumen wie Spatel breitgedrückt. Nur die Brillengläser mit den ungemein lebhaften blauen Augen dahinter ließen deutlich erkennen, daß man es nicht mit einem Sammlungsstück zu tun hatte.

Ein Arbeitszimmer wie wir anderen besaß Franck nicht im Museum. In einer Ecke der prähistorischen Abteilung gab es eine Kammer, in der er sich seine Höhle eingerichtet hatte und die für ihn vermutlich ein Paradies war. Jeder hat halt seine eigene Vorstellung vom Paradies, und es gibt sicher schlimmere als die vom alten Franck, wenn auch so leicht kein seltsameres. So ordentlich und systematisch alles in seinen Sammlungsschränken aufgebaut war, so spinnwebgrau und staubbedeckt, so durcheinander und kunterbunt sah es in seinem Arbeitsraum aus. Ein Tisch, ein paar Schemel, ein Gaskocher mit Leimtöpfen, ein ewig tropfender Wasserhahn und eine Menge Blechbüchsen mit undefinierbarem Inhalt, das war neben Knochen und Steinen die ganze Einrichtung. Da lagen zerbrochene Schädel und einsame Unterkiefer, zarte Kinderknochen und alte, morsche Oberschenkel, filigranfeine Pfeilspitzen aus Feuerstein und Obsidianbeile, mit denen ihr Besitzer die Hirnschale eines Höhlenbären hatte spalten können.

Schädelkunde gehörte übrigens auch zu den Steckenpferden des Museumsdirektors, des Herrn Hofrats, und er ritt dieses Rößlein so temperamentvoll wie den reichhaltigen Marstall der übrigen. Dabei kann es passieren, daß man sich einmal vergaloppiert. Bei einer der Vorlesungen, die der Hofrat jeden Winter für die Höheren Töchter des Instituts Steimer, damals Frankfurts vornehmster Privatschule hielt, ließ er sich in der Begeisterung für sein Thema zu dem Ausruf hinreißen: »Das sage ich Ihnen, meine Damen, wenn Sie bei einem Malayen einem Langschädel begegnen, dann können Sie sicher sein, daß da ein Europäer an der Arbeit war.« Seine Hörerinnen schrieben eifrig mit.

Natürlich hielt er es auch mit den Pflichten eines Anthropologen für unvereinbar, sich schlichtweg begraben oder gar verbrennen zu lassen, statt seinen Schädel einer Sammlung zu vermachen. So sagte er einmal gesprächsweise zum alten Franck, wenn er ihn überlebe, könne er später mit seinem, des Hofrats, Schädel fest rechnen. Aber da war Franck anderer Ansicht. Was ihn betreffe, erwiderte er, so habe er nicht die Absicht, einmal in einem Sammlungsschrank zu stehen.

»Was?!« fragte der Hofrat, als traue er seinen Ohren nicht. »Aber was um Himmelswillen wollen Sie denn sonst mit ihrem Schädel machen?«

»Ei, verbrenne«, sagte Franck ungerührt. »Ich laß mich doch verbrenne, was'n sonst?«

»Verbrennen!« schrie der Hofrat aufgebracht. »Verbrennen mitsamt Ihrem Kopf? Ja, sagen Sie mal, schämen Sie sich denn nicht?«

»Meinese vielleicht ich soll mir vorm Verbrenne mein Kopp abmache lasse?« gab Franck ärgerlich zurück. »Ausgeschlosse, der bleibt bei de annere Knoche, mit dene er zusammegehört. Der kommt in kein Sammlungsschrank, un damit basta!«

»Und das will ein Wissenschaftler sein!« höhnte der Hofrat. »Aber ich will Ihnen was sagen, Herr! Das ist ein Raub an der Wissenschaft, zu dem Sie nicht berechtigt sind. Das ist ein Frevel! Das ist einfach eine Ungehörigkeit!«

»Ei, mache Sie mit Ihrem Schädel doch was Sie wolle, meiner wird verbrannt!« knurrte

Franck und schon knallte die Tür hinter ihm zu. Türenknallen war aber etwas, was unser Chef so sehr verabscheute, daß zwischen unseren Arbeitsräumen fast immer alle Türen offenstanden. Das ist auch der Grund, warum ich dieses und manche andere dramatische Gespräche aus dem Zimmer des Hofrats wohl oder übel Wort für Wort mit anhörte.

Es läßt sich nicht leugnen, auf den reinen Höhen der Wissenschaft waren Kräche überhaupt an der Tagesordnung. Als nun nach dem Schädelkrach Franck eine ganze Woche nicht im Museum erschien, äußerte jemand die Befürchtung, die Aufregung könnte dem alten Herrn geschadet haben und womöglich ein Schlaganfall die Folge gewesen sein. Dieser, wie er sagte, optimistischen Auffassung wollte sich der Hofrat nicht anschließen. »Der kommt wieder!« prophezeite er düster. »Der kommt wieder und ärgert mich noch zu Tod. Und übrigens muß er auch wiederkommen«, fügte er nach einer Weile hinzu, »denn endlich muß ja mal das Kinderschädelchen fertig werden, an dem er jetzt schon ein halbes Jahr herumbosselt.«

Dieses Kinderköpfchen war das Glanzstück einer kürzlich erworbenen Sammlung aus dem Moustérien, über die der alte Franck immer wieder in helle Begeisterung geriet. Es gab darin eine Reihe von Stücken, die man bisher noch nicht kannte. Das Schönste von allem war besagtes Kinderschädelchen, bei dem die Milchzähne noch nicht völlig ausgefallen und die zweiten Zähne im Kiefer schon vorgebildet waren. Vielleicht wäre der alte Franck nicht so glücklich gewesen, wenn man ihm dieses seltene Stück heil und ganz hingelegt hätte. Seine Seligkeit bestand darin, dieses kniffligste aller Geduldspiele zu spielen: von den Jahrtausenden hoffnungslos zerspaltene Schädel mit Leim und unendlicher Geduld Stückchen für Stückchen wieder zusammenzusetzen. Dieses Kinderschädelchen sollte für lange Zeit sein Dasein völlig ausfüllen.

Ich hatte den alten Franck gern. Er gehörte nicht zu meinen Vorgesetzten, er hatte eigentlich überhaupt nichts zu sagen im Museum, er war nur da und führte ganz im Hintergrund und ohne jeden persönlichen Ehrgeiz sein bescheiden-zufriedenes Leben wie eine kleine, graue Maus, die durch eine besondere Freundlichkeit des Schicksals ihren Lebensabend in einer Speisekammer zubringen darf. Daß er noch so spät zu diesem Glück gekommen war, verdankte er zum Teil wohl seiner Jugendfreundschaft mit dem Konsul, der dauernd seine schützende Hand über ihn hielt und seine Absonderlichkeiten schonend auszugleichen suchte. Zuweilen gingen wir beide, der gütige Konsul und ich, in Francks Kämmerchen und ließen uns von ihm seine Steine und Knochen zeigen. Ich seh' ihn noch auf seinem »Schawellchen« hocken, selber so verstaubt wie alles rings um ihn, das Moustérien-Schädelchen in seinen großen Händen, die Finger von Leim und Gips verklebt, die alten Augen rotgerändert vom angestrengten Schauen und ein Lächeln reinsten Glücks um den schmalen Mund mit dem fadenscheinigen Bart. Wenn ich mir's recht überlege, dann war der alte Franck einer der wenigen vollkommen glücklichen Menschen, denen ich in meinem Leben begegnet bin.

Er hielt uns das Schädelchen hin und drehte es nach allen Seiten. »Bald ist es fertig!« sagte er stolz.

»Wenn er's nur wirklich bald fertig machte!« sagte der Konsul, als wir wieder in seinem Zimmer angelangt waren. »Man kann's dem Hofrat nicht übelnehmen, daß er allmählich die Geduld verliert.«

Freilich, für den Museumsdirektor war das wichtigste, daß ein solches Glanz- und Paradestück endlich einmal ausstellungsfähig wurde. Das verstand ich nur zu gut. Aber trotzdem suchte ich mit allen möglichen Listen zu verhindern, daß der Frieden des Knochenkämmerchens gestört wurde. Gelegentlich brach mir der Hofrat aber doch einmal aus, und dann hörte man ihn drüben in der Prähistorischen Abteilung grollen: »Wie lang soll's denn noch dauern? Es muß ein Artikel ins Blättchen. Machen Sie endlich zu mit Ihrem Schädelchen, unsere Besucherstatistik kann einen Auftrieb verdammt brauchen.«

Der Oberaufseher Jäger, der das mitangehört hatte, redete fortan ebenfalls von notwendiger Schdadesdick (mit der Betonung auf der ersten Silbe), sooft er den alten Franck zu fassen kriegte. Er war in allem, was das Museum betraf, noch viel ehrgeiziger als der Hofrat.

»Ausstelle!« sagte der alte Franck eines Tages aufgebracht, als er wieder einmal gemahnt worden war, »als ob Ausstelle das wichtigste wär. Die Hauptsach is doch, daß wir sowas iwwerhaupt hawwe!«

»Hawwe!« knurrte der Jäger. »Mit hawwe

locke mir kein Hund hinnerm Ofe vor. Raus muß es. Sehn müsse's die Leut, sonst hilft uns das schönste Schädelche nix. Es Museum is zum Gucke da, Herr Direktor, da beißt kei Maus en Fade ab.« Monate gingen hin. Immer zorniger klang die Frage des Hofrats nach dem seltenen Schaustück. »Kann ich hexe?« zeterte Herr Franck. »Leider nit!« mischte sich der Jäger in das Gespräch. »Da liegt ewe der casus bellus, daß Sie nit hexe könne!«

Dabei sah man wirklich den Fortschritt. Schon wölbte sich der kleine Schädel rund. Aber die Kinderknöchelchen waren so papierdünn. Immer wieder passierte es, daß Franck in *einer* Minute mit seinen großen Daumen zusammendrückte, was er in Monaten emsiger Geschäftigkeit zustande gebracht hatte. Dann schloß er sich tagelang in dem Kämmerchen ein und ließ sich auch vom Konsul und mir nicht trösten. Dem Hofrat und dem Jäger aber ging er in großem Bogen aus dem Weg.

Und endlich war es soweit. »Morche wirds fertich!« beteuerte Franck, und es ist schwer zu erraten, ob er froh oder traurig darüber war.

Im Hofrat erwachte der Feldherr. »Wir laden die Museumsfreunde und die Anthropologen ein!« sagte er zu mir. »Höchste Zeit, daß die Brüder mal wieder was Besonders zu sehn kriegen. Bereiten Sie die Einladungen vor, und fürs Blättchen schreiben Sie bitte etwas Nettes.« »Blättchen« war die Bezeichnung des Hofrats für die gesamte Frankfurter Presse.

Am nächsten Tag war alles soweit. Ich lief schnell noch einmal nachschauen in Francks Kabinettchen. In meinem Artikel hatte ich seine Geduld und Kunstfertigkeit rühmend hervorgehoben. Da saß er nun, das fertige Schädelchen nachdenklich in der Hand. Nun konnte ich also getrost Einladungen und Artikel hinauslassen, und am nächsten Sonntag würden die Besucher ins Museum strömen.

»Fabelhaft haben Sie das gemacht, Herr Direktor!« sagte ich mit ehrlicher Bewunderung.

»E kloi bissi schepp is es noch«, antwortete er versonnen. Ich eilte zum Hofrat, um ihm die frohe Botschaft zu bringen. Dann adressierte ich schnell noch ein paar Einladungen, die dem Chef im letzten Augenblick eingefallen waren. Aber kaum hatte ich den ganzen Stoß feiner Büttenumschläge, wie wir sie für solch feierliche Gelegenheiten verwendeten, mit Marken beklebt, da hörte ich aus des Konsuls Zimmer Francks Stimme: »Was meinste, es is wieder kaputt. Es war doch noch e kloi bissi schepp, un da hab ich nur e kloi bissi dran gedrickt, un da is es...«

Weiter kam er nicht. »*Was* ist es?!« schrie der Hofrat, der durch die offenen Türen alles mitangehört hatte. »Was haben Sie angestellt, Sie Unglücksmensch? – Gehn Sie! Gehn Sie mir aus den Augen, sonst passiert etwas!«

Und dann konnte also die Geschichte mit dem Kinderköpfchen wieder von vorn anfangen.

GLÜCK IM URWALD

Meine Südamerika-Reise hatte mich über Rio de Janeiro nach Sao Paulo geführt. Dort holten mich die Freunde, Dr. Max Hermann und Dr. Mathilde Maier, genannt Titti, ab und nahmen mich mit auf ihre Kaffeeplantage in der Nähe des Städtchens Rolandia im Staate Paraná, dem eigentlichen Ziel meines brasilianischen Aufenthalts.

Als nach der Machtergreifung des Nationalsozialismus viele Deutsche aus politischen, rassischen oder religiösen Gründen ihr Vaterland verlassen mußten, ergab das einen wertvollen Zustrom neuer Siedler im Staate Paraná. Diese Immigranten der dreißiger Jahre kamen aus den verschiedensten Berufen, was der Siedlung von Rolandia ihren besonderen Charakter gibt. Es waren darunter Ärzte, Lehrer, Ingenieure, Handwerker, Landwirte, Wissenschaftler, der Leiter einer Weltfirma, Juristen vom Referendar bis zum ehemaligen Reichsfinanzminister. Fast alle hatten schon ein erfolgreiches Berufsleben oder jedenfalls eine gute Berufsausbildung hinter sich. Die meisten ließen eine ehemals gesicherte Existenz in Deutschland zurück, um ihr Leben noch einmal neu aufzubauen. Obwohl Rückschläge (etwa durch Frostschäden an den Kaffeepflanzungen) nicht ausblieben, gelang es ihnen, für sich, ihre Kinder und jetzt zum Teil schon für die Enkel mit harter Arbeit, Mut und Intelligenz eine neue Heimat zu schaffen.

Max und Titti hatten erst Ende des Jahres 1938 Deutschland verlassen, wo ihre Familien seit langem Erfolg und Ansehen genossen. Sie hätten eigentlich schon viel früher gehen müssen, denn die Auswanderung wurde mit jedem

Jahr schwieriger und das Leben in Deutschland für sie immer bedrohter. Aber sie waren beide in einer Familientradition aufgewachsen, in der die Verpflichtung den Mitmenschen gegenüber eine starke Bindung bedeutete. Sie blieben auch dann noch, als bereits jeder weitere Tag eine Lebensgefahr für sie wurde; denn sie hatten eine Aufgabe übernommen, der sie sich nicht entziehen konnten und wollten. Max, ein vielbeschäftigter Anwalt und Notar, hatte neben seiner beruflichen Tätigkeit die Beratungsstelle des Hilfsvereins für deutsche Juden in Frankfurt am Main geleitet. Solange er und seine Frau in dieser wichtigen Funktion noch tätig sein konnten, waren sie bereit gewesen, das Risiko, das mit einem längeren Verbleiben in dem Nazistaat verbunden war, auf sich zu nehmen.

In weiser Voraussicht hatten sie rechtzeitig auf legalem Wege durch eine englische Firma, die große Strecken im Urwald von Paraná gekauft hatte, dort Land erworben. Als es endlich so weit war, daß sie auswandern konnten, wurden sie an der holländischen Grenze noch einmal von der SS aus dem Zug geholt und vernommen. »Das hat uns den Abschied von

Deutschland leicht gemacht«, war das einzige, was Max darüber sagte.

Der Flug von Sao Paulo nach dem Flugplatz von Londrina dauert anderthalb Stunden. Von dem Städtchen Londrina stand vor fünfunddreißig Jahren noch kein Haus; jetzt ist es ein von Leben wimmelnder Ort mit vielen Hochhäusern, Schulen, Kirchen, Läden, Bankfilialen und einem Reisebüro. Eine Nachbarin der Freunde hatte uns ihren Wagen mit Fahrer an den Flugplatz geschickt, und auf der Fahrt von etwa vierzig Kilometern lernte ich gleich etwas von dem Land kennen, das zu meiner Überraschung, trotz der ganz verschiedenen Vegetation, an Thüringen erinnert. In Rolandia holte Max die Post in seinem Schließfach ab, denn Postbestellung auf die einzelnen Fazenden gibt es nicht. Bei der Weiterfahrt, gleich hinter dem Städtchen auf ungepflasterten, ungeteerten Straßen, entfaltete sich die Landschaft immer lieblicher. In sanften grünen Wellen ziehen die Höhen dahin, senken sich in die tiefeingegrabenen Flußniederungen und steigen jenseits wieder auf. Hier und dort unterbrechen dunkle Flecken stehengebliebenen Urwalds die weiten Flächen der Kaffeeplantagen. Der

Staat Paraná hatte beim Landverkauf an die englische Gesellschaft zur Bedingung gemacht, daß von jeder Parzelle ein Stück Urwald ungerodet stehenbleiben mußte. Auf diese verständige Weise wurden der Wasserspiegel und der Reichtum an Flüssen und Quellen nicht gefährdet. Noch jetzt hat jede Fazenda mindestens eine eigene Quelle, die auch in trockenen Sommern nicht versiegt.

Nun waren wir schon auf dem etwa 1100 Morgen großen Gebiet der Fazenda Jaú (gesprochen Jahu und so genannt nach dem Flüßchen, das durch ihr Gelände fließt). Wir fuhren an einem der Arbeiterdörfchen mit freundlichen Holzhäusern vorbei, wo jede Familie ihr eigenes Gärtchen für Gemüse, Obst und Blumen hat. Im Zentrum der Fazenda liegen die Plätze zum Trocknen und die Maschinen zum Bearbeiten und Sortieren der geernteten Kaffeefrüchte. Außerdem hat jede Fazenda eine kleinere oder größere Rinderherde, um Facendeiras und Arbeiter mit Milch zu versorgen.

Vor dem langgestreckten einstöckigen Haus der Freunde war unsere Fahrt zu Ende. Zwei spitzähnliche Hunde empfingen uns mit fröhlichem Bellen; sie wurden mir als Susi und

Puck vorgestellt. Auf der großen Veranda war schon der Mittagstisch gedeckt. Nachdem wir Gesicht und Hände von dem roten Staub der Landstraßen gereinigt hatten, trug Walli, das schweigsame Indianermädchen, die Mahlzeit auf. Walli betreut schon seit zehn Jahren Haus und Küche, als Nachfolgerin einer älteren, inzwischen verheirateten Schwester. Vom Eßtisch schweift der Blick nach Osten über den Garten hin zu den langen Reihen oder vielmehr Karrees der Kaffeebüsche, nach Süden in die Flußsenkung und fernhin zu immer neuen grünen Hügeln und Feldern, unterbrochen von schwarzen Urwaldstrecken. Rundum an den Dachbalken der Veranda hängen mehr als ein Dutzend ehemaliger Medizingläschen mit Zuckerwasser und einem Trinkröhrchen als Futterstellen für die Kolibris. Der Betrieb ist so lebhaft wie in einer gutgehenden Wirtschaft. Die winzigen Gäste, seit vielen Jahren an das freundliche Verhalten der Menschen gewöhnt, fliegen ohne Scheu hin und her, oft dicht an unseren Köpfen vorbei. Titti hat mit wissenschaftlicher Gründlichkeit dreizehn verschiedene Sorten festgestellt, teils Dauergäste, teils Durchzügler. Zuweilen nehmen sie schnell ein Brausebad unter dem Springbrünnchen vor der Veranda, dann sprüht ihr Juwelenglanz noch strahlender, es ist ein Schillern und Leuchten von Smaragdgrün, Rubinrot und Saphirblau auf dem Grund von sanftem Grau oder Jetschwarz, daß man die Augen nicht wegwenden kann und fast das Essen darüber vergißt. Wir haben ja auch in Kalifornien einige Kolibrisorten, aber diese Fülle von Formen und Farben war mir neu.

Unsere lebhafte Unterhaltung störte die Kolibris nicht. Max und ich kannten uns ja schon aus der Zeit vor dem ersten Weltkrieg, als er noch Gymnasiast, sein älterer Bruder Hans schon werdender Jurist und einer der tonangebenden Leute in der kleinen Gruppe war, die wir den Lauftrupp nannten. Nach meiner Heirat 1917, als fast alle jungen Freunde an der Front waren und ich meinen Mann, der von seinem Kavallerieregiment zu den Fliegern hinübergewechselt hatte, auf allen Flugplätzen innerhalb Deutschlands begleitete, verlor ich viele der Frankfurter Freunde aus den Augen. Aber bei einem Besuch in Santa Barbara war das gute Einvernehmen mit Max gleich wieder hergestellt. Erst bei diesem Besuch lernte ich Titti kennen, und seitdem ist die briefliche Verbindung nicht wieder abgerissen. Schon damals luden sie mich zum Besuch auf der Fazenda Jaú ein. Die Einladung wurde später wiederholt, zugleich mit der Aufforderung zu meinen Lesungen in Sao Paulo und Rolandia. Da wollte ich nicht mehr länger zögern. Im Alter kann man es sich nicht leisten, etwas aufzuschieben, was die Erfüllung eines langgehegten Wunschtraumes bedeutet.

An diesem ersten Tag wurde ich nach dem Essen in mein Zimmer gebracht, da wie bei mir auch in diesem Hause der Mittagsschlaf eine stehende Einrichtung ist. Die Wohnung für Gäste auf der Fazenda besteht aus zwei Zimmern, in jedem ein Büchergestell mit vielen alten Bekannten und auch neueren Werken, besonders über Brasilien. Mein Badezimmer ist über die Veranda zu erreichen. Es gibt darin eine Erdgastherme mit Brause über einem Lattenboden, durch dessen Zwischenräume das Wasser abläuft. Zuweilen kommt auf diesem Wege auch Besuch von draußen herein. Einmal war es eine sehr lange, schlanke Eidechse, dann wieder ein reizendes Fröschlein mit geschmackvoller Zeichnung in Grün, Beige und

Braun. Da ich Frösche seit meiner Kindheit liebe, konnte ich der Versuchung, den abendlichen Gast in meine Hand zu nehmen, nicht widerstehen. Er aber wollte von meiner Liebe nichts wissen, sondern rettete sich mit großem Schwung ins WC-Becken und schwamm da umher. Es gelang mir nicht, ihn herauszufischen. Als ich dann Titti zu Hilfe rief, sagte sie: »Mach dir keine Sorge um den; wenn du die Wasserspülung benutzt, verschwindet er in der Tiefe, und du kannst sicher sein, daß er durch die Latten unter der Brause wieder heraufkommt.« So geschah es auch.

Jeden Abend, wenn ich das Licht ausknipste, mußte ich im Dunkeln erst die dicken Käfer in meinem Zimmer einsammeln, die irgendwie durch Ritzen in den Fliegenfenstern hereingekommen waren. Ich setzte sie dann in den Garten hinaus, denn sie brummten so stark, daß es klang, als kreuzten Flieger über unserem Haus. Als ich eines Abends eine schwarze Riesenspinne an der Wand des Badezimmers sitzen sah, war mir das bei aller Tierliebe doch etwas unbehaglich. Wieder konsultierte ich die Hausfrau, und sie erklärte mir, diese Spinnen seien nicht nur für Menschen harmlos, sondern man hätte sie *gern* im

Haus als Insektenvertilger. Übrigens hatte uns der Leiter der Spinnenabteilung in Butantan gesagt, selbst das Gift der großen Vogelspinnen, wenn sie überhaupt einmal beißen, sei für den Menschen nicht gefährlich. Deswegen stellen sie im »Haus der Gifte« auch kein Serum dagegen her. Ein paar kleinere Sorten der Spinnen sind allerdings tödlich, vor allem die Schwarze Witwe, und noch gefährlicher einige Arten von Skorpionen. Es wurde mir geraten, immer vor dem Anziehen die Schuhe auszuschütteln. – Nicht gefährlich, aber unangenehm, ist eine winzige Fliegenart, die zu Tausenden umherschwirrt, wenn man im Freien sitzt. Leute, die schon länger hier gelebt haben, sind gegen ihren Biß immun, Neulinge bekommen davon wassergefüllte Blasen. Ich brachte eine solche Bißstelle mit heim, die noch monatelang juckte.

Giftschlangen scheinen in dem Hochland wenig vorzukommen, und auch von Termiten und den grauenhaften Raubameisen ist die Gegend verschont. Dagegen bemerkte ich eines Tages eine Schwellung am kleinen Zeh meines rechten Fußes, die über Nacht noch mehr anschwoll und ziemlich schmerzte. Am nächsten Tag entdeckte ich, daß sich unter dem Nagel ein schwarzer Kern gebildet hatte. Ich zeigte die Stelle Titti und war überrascht, daß sie einen Freudenschrei ausstieß: ein Sandfloh! Diese lieben Tierchen sind jetzt zu einer Seltenheit geworden, und nun hatte einer von ihnen seinen Eiersack unter meinem Zehennagel deponiert. Titti glühte sofort eine Nadel aus und grub das Zeug heraus; es durfte kein Rest übrigbleiben. Zur Ablenkung während der Operation wurde mir erzählt, die Mütter der Siedlerfamilien hätten jeden Abend bei ihren Kindern diese schmerzhafte Prozedur vornehmen müssen, was nie ohne Tränen abgegangen sei. Jetzt aber liegt die Rodung des Urwaldes schon so lange zurück, daß es kaum noch Sandflöhe gibt. Max, Walli, Antonio und alle Nachbarn bekamen die Sensation mitgeteilt: Margot hatte einen Sandfloh! Es klang, als wäre es eine Auszeichnung.

Bei dieser Gelegenheit erfuhr ich wieder, was ich schon bei der erfolgreichen Behandlung meiner Anfangserkältung in Sao Paulo erlebt hatte: die Frauen und Mütter müssen weitgehend medizinische Selbsthilfe üben, nicht nur wegen der hohen Arztkosten, sondern hier draußen vor allem deshalb, weil der

Arzt in Rolandia wohnt und weil es kein Telefon gibt. Titti hat ein ganzes Arsenal von Antihistaminen und Antibiotika im Haus. Da man das alles ohne Rezept in den Apotheken bekommt, legt sich jede Frau einen Vorrat davon an. Auch die geistergläubigen Colonen, die Farmarbeiter, wirtschaften mit starken Medikamenten. Eines Nachts hörte ich im Halbschlaf Schritte, Rufen und Klopfen auf der Veranda, auf die alle Türen des Hauses münden. Am nächsten Tag erfuhr ich, was los war. Die Colonen, besonders die Kinder, leiden an einer Wurmplage. So hatte auch Antonio, der Gärtner, wieder einmal Medizin dagegen eingenommen. In der Nacht fing er plötzlich zu delirieren an, schrie, tobte und versicherte seiner erschreckten Frau, die ganze Hütte sei voller Geister. Antonios Bruder war kürzlich bei einer Messerstecherei ums Leben gekommen; nun stand er an seinem Bett mit einem ganzen Gewimmel anderer Gespenster, die den armen Antonio vermutlich zur Blutrache überreden wollten. Sie saßen auf seiner Brust, preßten seinen Kopf wie in einem Schraubstock und wühlten in seinen Eingeweiden. Antonio verlangte jammernd nach Donna Mathilde. Die Frau läuft zum Herrenhaus hinüber, die Donna und der Senhor folgen ihr in das naheliegende Gärtnerhaus. Dort setzt sich Titti auf den Rand des zerwühlten Bettes, nimmt Antonios Hand zwischen ihre beiden und versichert ihm, die Geister hätten bereits den Rückzug angetreten. »Und nun sag mir, wieviel Wurmpillen du genommen hast, Antonio!« Die Frau holte das leere Gläschen herbei. Aha! Antonio hat die Ration für einen starken Ochsen geschluckt. Viel hilft viel! Titti befiehlt, daß Kamillentee gekocht wird, und Antonio muß eine Tasse nach der anderen trinken, um das Gift aus dem Körper zu schwemmen. Die Gegenwart von Donna Mathilde hat den Patienten schon etwas beruhigt, aber weglassen will er sie um keinen Preis, sonst kommen die Geister wieder. Vor ihr haben sie Respekt. Schließlich gibt Titti Max einen Wink, und er eilt zum heimischen Medizinschrank, um ein Schlafmittel zu holen. Erst als Antonio endlich eingeschlafen ist, kann Titti ihre Hand aus der Umklammerung der seinen lösen. Hilfe bei Krankheit oder Unfällen gehört zu den zahlreichen Pflichten einer Farmersfrau.

Wurmpillen und Geisterglauben gehen friedlich Hand in Hand, wieder ein Beispiel für die zwiespältige brasilianische Seele. Am nächsten Tag ist bei einem Nachbarbesuch von der tüchtigen Hebamme die Rede, die gleichzeitig eine gesuchte Gesundbeterin ist. Bei Geburten übt sie noch den uralten Brauch, frischen Kuhmist auf die Nabelwunde zu legen. Die Nachbarin, die lange in Indien gelebt hat, berichtet von dort, daß einer ihrer Hausboys eine klaffende Wunde am Arm auf die gleiche Weise behandelt und in wenigen Tagen geheilt habe. Aber nun kommt erst das Erstaunliche an der Geschichte: die Schulmedizin soll neuerdings entdeckt haben, daß in ganz frischem, noch warmen Kuhmist ein dem Penicillin ähnlicher Stoff enthalten ist. Ich gebe das ohne Gewähr weiter.

Max und Titti, das merkte ich schon nach wenigen Tagen, sind nicht nur für die Familien ihrer Arbeiter, sondern auch unter den Nachbarn und Freunden ein Zentrum der Hilfsbereitschaft. Max, der ehemalige Anwalt, ist auch hier »honoris causa« der juristische Berater des großen Freundeskreises. Es ist verständlich, daß es ihm Freude macht, auch auf seinem ursprünglichen Berufsgebiet noch tätig zu sein. In seinem schönen Arbeitszimmer geht es oft zu wie in einem Anwaltsbüro. Jeder in der Siedlung, der legalen Rat braucht, kommt zu ihm, und da es weit und breit kein Telefon gibt, muß eben jeder persönlich kommen. Die einzelnen Fazenden rund um den Stadtplatz Rolandia sind mindestens zwanzig Minuten, die meisten erheblich weiter voneinander entfernt. Da ist das Auto und bei Regenwetter der Jeep unerläßlich. Vor dreißig Jahren, als hier gesiedelt wurde, machte man das alles noch zu Pferd.

Titti besucht täglich, wenn es nicht in Strömen gießt und alle Wege zu tiefem roten Schlamm werden, die fünfundachtzigjährige Urgroßmutter in der Familie von Max Hermanns landwirtschaftlichem Partner. Ich begleitete sie manchmal und lernte eine alte Frau kennen, die fast unbeweglich in ihrem Lehnstuhl saß, ohne Klage, immer freundlich, heiter und voller Interesse für alles in ihrer eigenen großen Familie, den Familien der Freunde und draußen in der weiten Welt. Da wird wieder einmal deutlich, wie segensreich auch eine kranke alte Frau noch wirken kann. Die Tochter und deren Mann, Enkel und Urenkel lieben und verehren sie und tragen ihre kleinen und größeren Sorgen zu ihr. Wenn sie einmal nicht mehr da ist, wird eine

Lücke entstehen, die sich so schnell nicht schließt.

In diesem Kreis von Menschen, die zu einer Schicksalsgemeinschaft zusammengewachsen sind, ist es schön und trostreich zu sehen, daß auch die Alten noch notwendig sind, und mit welcher Achtung und Fürsorge sie behandelt werden. Aber auch um die Jugend kümmert sich Titti. Ein paar Kindern aus jüdischen Familien gibt sie Unterricht in israelitischer Geschichte und Hebräisch. »Sie sollen doch wissen, wo ihre Ahnen herkamen«, sagt sie. »Und es ist auch gut, wenn sie wenigstens einige der schönen alten Gebete verstehen.« Max und Titti selbst sind Juden geblieben; sehr freie, unorthodoxe Juden, aber der Tradition, in der sie aufwuchsen, unverbrüchlich verbunden.

Meine Lesung in der Gemeinschaft »Pro Arte« war fast wie eine große Familienzusammenkunft. Es kommen oft auswärtige Schriftsteller oder Wissenschaftler verschiedener Gebiete, um hier zu lesen oder zu sprechen, und man spürt das lebhafte Interesse an schöngeistigen, wissenschaftlichen und politischen Fragen. Nachdem ich bei dieser Gelegenheit noch mehr Nachbarn kennengelernt hatte, machten wir in der Folge oft Besuche in den einzelnen Familien, oder es kam Besuch zu uns. Am liebsten würde ich über jede der Fazenden und ihre Bewohner ein Kapitel schreiben, denn wo wir auch hinkamen, begegnete ich Schicksalen, die keine Alltagsschicksale sind.

Da ist eine einst international bekannte Sängerin, jetzt verwitwet und über achtzig Jahre alt. Bis vor kurzem hat sie in ihrem Haus noch alljährlich an ihrem Geburtstag für die Nachbarn ein Konzert von Liedern und Arien gegeben. Jetzt singt sie nicht mehr, sondern hält bei der festlichen Gelegenheit nur einen Vortrag mit Musikbegleitung über eine bestimmte Periode der Musikgeschichte oder einen Komponisten. Den Besitz verwaltet ihr Sohn zu ihrer Zufriedenheit. Aber wenn es Schwierigkeiten bei einer kalbenden Kuh gibt, wird die alte Dame zu Hilfe gerufen. Wir trafen sie bei unserem Besuch in etwas angegriffenem Zustand. »Das war wieder eine Nacht!« sagte sie auf Tittis besorgte Frage, und dann erzählte sie. Gegen zwölf weckte sie der Viehpfleger mit der Nachricht, die wertvolle junge Kuh, die zum erstenmal kalben sollte, sei in Lebensgefahr. Das Kalb in ihrem

Leib wäre bereits tot, keine Bewegung zu spüren. Die Donna müsse mitkommen, damit wenigstens die Kuh gerettet werde. Sie zog sich an, ging mit in den Stall, untersuchte das unerfahrene junge Muttertier und fühlte mit ihrer schmalen, weichen Hand, was die große Männerhand des Pflegers nicht hatte feststellen können: das Kalb lebte. Es gelang ihr, die Zunge des Tieres zu fassen, und sogleich fing es zu zappeln an. Ihr Sohn war mit im Stall, ein zweiter Arbeiter kam herein; alle sahen bedenklich aus. Es dauerte noch bis in die Morgenstunden, aber die erfahrene alte Frau brachte schließlich die Geburt zu einem glücklichen Ausgang. »Die Kuh lebt«, sagte sie, nun doch selbst recht erschöpft, zu den umherstehenden Männern, die sich den Schweiß von den Stirnen wischten. »Das Kalb lebt auch. Wenn ihr mir jetzt nicht sofort einen starken Kaffee bringt, dann bin ich diejenige, die tot im Stall liegen bleibt!«

Die Nächte sind noch kalt. Dann sitzen wir im Wohnzimmer mit dem elektrischen Heizkörper, den eine dankbare Nachbarin Max zu seinem vorjährigen Geburtstag geschenkt hat. Auf allen Tischen liegen Zeitschriften aus verschiedenen Ländern, und die Büchergestelle reichen bis an die Decke hinauf. Wir lesen oder unterhalten uns. Max und Titti erzählen von den schönen Reisen im Jeep, die sie in den fünfziger Jahren zusammen unternommen und auf denen sie viel von Land und Leuten kennengelernt haben. Ich hatte die Berichte schon zu Hause in ihren Rundbriefen an die Freunde gelesen, und jetzt gelüstete es mich erst recht, noch etwas mehr von diesem rätselvollen Land zu sehen. Aus irgendwelchen Gründen, die ich vergessen habe, kam es leider nicht dazu. »Bei deinem nächsten Besuch!« vertröstete mich Max, so wie wir früher in Frankfurt gesagt hätten: kommt doch morgen zu einer Tasse Tee. Aber jetzt sind wir alt. Und wissen wir denn, ob es ein Nächstesmal gibt? Zum Trost für das Versäumte veranstaltete Max für uns ein Schallplattenkonzert in seinem Arbeitszimmer.

Manchmal arbeite ich ein paar Stunden, aber meistens genieße ich faul und dankbar die schönen Tage. Titti, die ich vorher nur kurz bei dem Besuch in Santa Barbara gesehen hatte, ist mir in wenigen Tagen schon so vertraut wie eine Schwester geworden. Oft müssen wir lachen, wenn wir plötzlich wie aus einem Mund irgendeinen Goethevers zitieren, der gerade in die Situation paßt. Auch die Liebe zu Pflanzen und Tieren verbindet uns. Der Zier- und der Nutzgarten sind Tittis Schöpfung und ihr Stolz. Alles, was an Gemüse und Obst auf den Tisch kommt, stammt aus diesem Garten, wo auf beschatteten Stellagen die junge Pflanzen herangezogen werden. Es gibt schon täglich frischen Spargel, jungen grünen Salat und bald auch die ersten Buschbohnen. Zum Nachtisch bekommen wir große Schüsseln voll der aromatischen kleinen Monatserdbeeren, oder die schwarzen Früchte der Brombeerhecke am unteren Rand des Gartens. Auch die ersten Artischocken, Ananas und Bananen sind schon reif. Es ist ja Frühling hier auf der südlichen Halbkugel, die Fülle der subtropischen Früchte wird erst später reifen.

An einem Regentag zeigte mir Titti eine ganze Mappe ihrer schönen Blumen- und Landschaftsbilder. Man merkt es dem Garten an, daß eine Malerin ihn geplant hat. Jeder Winkel, jeder Aspekt könnte ein Ausschnitt aus einem Bild sein. Als ein paar sommerlich heiße Tage kommen, werde ich schon früh morgens, als es noch kühl ist, zu einem Gang durch den Garten gerufen. Wir gehen an den

Wasserbecken vorbei mit den Seerosen und Wasserlilien, mit Papyrosstauden, Goldfischen und Fröschen. Wir teilen das Entzücken an den neuerblühten blauen Lilien, den knospenübersähten Büschen der altmodischen Marechal-Niel-Rosen, die es auch in meines Vaters Garten gab, an den lavendelblauen Wolken der Jacarandabäume und den Kaskaden von Orchideenblüten, die aus der Astgabel eines Baumes quellen, in die man irgendwann einmal einen Steckling versenkt hat. Daß Titti in dem fremden Land im Lauf der Jahre alles mit soviel Liebe gestaltet hat, geschah sicher, um Max ein Gefühl des Zuhauseseins zu geben. Jetzt ist die einstige Fremde längst Heimat geworden; nicht nur Heimat der äußeren Existenz, sondern Heimat der Herzen. Auch ich habe mich seit meines Mannes Tod selten irgendwo so daheim gefühlt wie auf der Fazenda Jaú. Wenn Titti und ich an milden Abenden zusammen auf den Liegestühlen vor dem Haus lagen, während Max noch mit Verwaltungsarbeit am Schreibtisch beschäftigt war, ließen wir uns ganz einspinnen vom Zauber der Tropennacht. Unvergeßliche Erinnerung: Der fast volle Mond steigt über die majestätischen Eukalyptusbäume herauf, die Titti vor achtundzwanzig Jahren als kleine Ableger gepflanzt hat. Die großen Magnolienblüten duften betäubend. Vor der Veranda stehen Hortensien wie eine dichte blaue Wand, blaß leuchtend im Mondschein. Das Piepen der Baumfrösche klingt wie Vogelgezwitscher. Die Ochsenfrösche musizieren ihr Baßgeigenkonzert. Manchmal singt die kleine Lacheule ein Solo dazwischen. Fledermäuse umflattern uns, lautlos. Dann sprechen wir beide von unserem Leben und schweigen wieder, diesem Leben nachdenkend, das schwer und schön zugleich war.

Max und Titti waren schon nicht mehr jung, als sie vor das Abenteuer eines ganz neuen Anfangs gestellt wurden. Sie haben es bestanden. Die Vergangenheit mit ihren Schmerzen ist überwunden und ohne Bitterkeit in das Hier und Jetzt einbezogen. Wie anders ist alles, als sie in ihrer Jugend planten und erwarteten, aber auch wieviel schöner und erfüllter, als sie bei ihrem Abschied von der alten Heimat zu hoffen wagten! Sie haben Wurzeln geschlagen in der Terra Roxa von Paraná, feste, tiefe Wurzeln, wie die Bäume, die Titti pflanzte und die jetzt ihr Dach beschatten. Der Stamm ihres Lebens grünt und blüht noch im Alter und trägt reiche Frucht für sie und für alle, die in ihrem Umkreis wohnen.

Glück im Urwald... ich durfte es für eine kurze Spanne Zeit mit den Freunden teilen.

FRAU HOFRAT

Hier soll von einer alten Frau berichtet werden, die ich nie zu besuchen vergesse, wenn ich in Frankfurt bin. Sie ist die Witwe meines längst verstorbenen verehrten Chefs aus der Völkermuseumszeit, Hofrat Hagen. Da die Hofrätin, wie wir sie immer nannten, nach dem frühen Tod ihrer beiden Kinder allein lebt, hat sie sich eine Altersaufgabe besonderer Art gewählt. In ihren altmodischen, aber höchst originell eingerichteten Räumen nimmt sie gern Gäste mit Familienanschluß auf – Studierende, Gastprofessoren-Ehepaare, Presseleute, darunter viele Ausländer, je exotischer, desto lieber. Das Exotische war immer ein Teil ihres Lebens, seit sie den langjährigen Tropenarzt und Ethnologen Bernhard Hagen geheiratet hatte. Zu Anfang des Jahrhunderts begleitete sie ihn auf einer Expedition zu den Großen Sundainseln, wie man damals das jetzige Indonesien einschließlich Malaysia nannte. In Frankfurt genossen dann Gelehrte, Forscher, Weltreisende, die in Frankfurt Vorträge hielten und ihre Sammlungen in unser Museum brachten, die gepflegte Geselligkeit des Hagenschen Hauses. Für mich war die Hofrätin in diesen längstvergangenen Zeiten eine mit gebührendem Abstand bewunderte Respektsperson, und wer hätte gedacht, daß sie mir einmal eine warmherzige Freundin werden würde. Fünfzehn Jahre Altersunterschied spielen ja auch in reiferen Jahren keine große Rolle mehr. Sie ist mir ein leuchtendes Vorbild für ein erfülltes und fruchtbares Alter geworden. Sie interessiert sich noch für alles, liest Bücher in verschiedenen Sprachen, bemuttert die jungen Menschen in ihrem Haus, bekocht sie auch manchmal, und wenn sie ein offenes Ohr für ihre Probleme brauchen, finden sie das immer bei Frau Hagen, werden aber gewiß nie mit unbequemen Fragen über ihr Privatleben behelligt. Es ist eine kleine Gemeinschaft von Menschen verschiedener Rasse, Religion und Nationalität unter ihrem Dach entstanden, die da im Geist gegenseitigen Verstehens und gegenseitiger Hilfsbereitschaft eine Weile miteinander hausen. »Körperlich«, schrieb sie mir einmal, »fängt es ja allmählich etwas zu hapern an. Geistig nehme ich es noch mit jedem auf.« Von dem ersteren läßt die durchsichtig zart gewordene, aber immer noch kerzengerade alte Dame nichts merken. Das letztere stimmt genau.

Und wie versteht sie die guten Dinge des Lebens noch zu genießen! Sie hat sich immer gern feiern lassen, und Geselligkeit war von jeher eins ihrer großen Talente. So schildert sie selber in einem ausführlichen Brief ihren neunzigsten Geburtstag. »Trotz der gewaltigen Anstrengung habe ich mein neunzigstes Wiegenfest gut überstanden. Zu der offiziellen Feier am Vormittag in den Räumen des Frobenius-Instituts, vom Palmengarten verschwenderisch mit Blumen geschmückt, waren über hundertfünfzig Personen erschienen. Delegationen von der Stadt, dem Kulturamt, der Universität und dem Roten Kreuz, der Geographischen Gesellschaft und dem Tierschutzverein und so weiter und so weiter... Jede Ansprache erwiderte ich in freier Rede, auf einem Sessel thronend, ein schwarzes Tüllhütchen auf dem Haupt, inspiriert von Ihrer reizenden Kopfbedeckung im vorigen Sommer. Rundfunk, Fernsehen und Presse waren vertreten. Der Hessische Ministerpräsident schickte Glückwünsche. Ich konnte nur staunen, was ich alles getan haben sollte. Selber kam's mir nicht so vor. Abends hattte ich dann fünfundvierzig Personen bei mir zum home made kalten Buffet; Familie, Freunde, Bekannte von fern und nah. Was sich da an Blumen und Gaben türmte, ist nicht zu schildern. Die Stimmung war glänzend. Herzog Adolf Friedrich schickte ein Bündel herrlicher Chrysanthemen und ein langes Telegramm. – Nachher waren mehr als zweihundert Glückwünsche zu bedanken. Welch eine Fülle von Liebe und Ehren! Ich könnte noch lange plaudern, aber Mitternacht ist schon vorüber. – Dank, Dank für alles! Seien Sie umarmt, herzliebstes Isbertchen von Ihrer getreuen A. H.«

Daß sie auch Schriftstellerin war, merkte man dieser lebendigen Schilderung noch an. Wer kann wohl mit neunzig Jahren ein solches Gefeiertwerden so frisch und so mit sichtlichem Genuß überstehen, und dann noch einen so lebensprühenden Brief darüber schreiben! Als eine weit jüngere Bekannte dieser bemerkenswerten Frau einmal klagte, im Alter kümmere sich kein Mensch mehr um einen, antwortete sie kurz und präzis: »Nun, dagegen gibt es ein gutes Mittel: kümmern Sie sich doch um andere.«

DIE LY –
PORTRÄT EINER GROSSMUTTER

Das könnte die Überschrift für ein Grimmsches Märchen sein, und genau besehen ist es auch ein Märchen, daß es so etwas wie diese Frau in unserer Zeit noch gibt. »Die Ly« hieß sie bei den jungen Künstlern vom Weimarer Bauhaus, als sie vor vielen Jahren dort studierte, und so will auch ich sie hier nennen. In Weimar war es auch, daß sie einen Maler kennenlernte, den sie dann heiratete. Sie waren beide sehr jung, sehr verliebt, sehr arm und sehr begabt. Von ihm hängen ein paar sehr gute Bilder im Erfurter Museum und einige im Haus meiner Geschwister in Frankfurt. Ich besitze ein Kinderbild von ihm, das ich liebe und das uns über viele Stationen unseres bewegten Lebens bis nach Kalifornien begleitet hat. Es sind nun über vierzig Jahre her, daß Lys Mann in Erfurt starb, als er wieder einmal zu Besuch dort war, um in den Benaryschen Treibhäusern und Gärten Blumen zu malen. Eine Infektion brach seine glänzend ansteigende Lebenskurve als Mensch und Künstler jäh ab. Ly blieb mit vier Kindern zurück, das jüngste noch an der Brust, der Älteste schon in der Schule. Die Freunde mußten fürchten, daß der frühe, ganz unerwartete Tod des Gefährten, der auch für ihr eigenes Dasein einen unheilbaren Bruch bedeutete, den Lebensimpuls der jungen, blühenden Frau für immer lähmen werde. Doch das traf nicht ein. Es taten sich da Quellen der Kraft auf, die zuweilen gerade in den am tiefsten verletzten Menschen überraschend stark zu fließen beginnen.

Sie wohnt in dem alten Familienhaus mit vielen steilen Treppen und Winkeln, einem Minimum an modernem Komfort und einem

Maximum an persönlicher Atmosphäre, mit einem großen Nußbaum im Hof zwischen Mauern und Schuppen und einem Garten, wie ihn nur solche durch Generationen im Besitz derselben Familie gebliebenen Häuser haben. Da sitzt sie am Fenster und stickt zauberhaft schöne Bildteppiche. Jedes ihrer vier Kinder soll einen bekommen, und jeder der Teppiche bedeutet jahrelange Arbeit. Drei der Kinder leben schon nicht mehr im Umkreis der Mutter. Nur der Älteste, Michel, hat seine Steinmetzwerkstatt in einem Hinterhaus, in dessen Hof auch die Volieren mit seinen kostbaren Vögeln stehen. Früh am Morgen, wenn seine Frau und Tochter zu ihren Arbeitsplätzen gefahren sind, kommt er zuweilen zum Frühstück zur Mutter herauf. Da sitzen sie dann beieinander, reden oder schweigen, und oft spricht der Michel von seinen Sittichen und seinen Grabsteinen. Dann geht er wieder an die Arbeit. Auch die anderen Kinder kehren immer wieder aus größerer oder nicht so großer Entfernung zur Mutter zurück. Freunde kommen dann und wann, oder die Ly fährt nach dem nahen Homburg oder Frankfurt, um dort Freunde zu besuchen. Sie hat eine dauerhafte Verbindung mit allen, die einmal zu ihrem Leben gehörten, aber wie es uns allen im Alter geht, so ist es auch um sie stiller geworden. Sie ist viel allein. Aber sie gehört zu den alten Menschen, die es fertig bringen, ihre Einsamkeit mit einem Inhalt zu füllen. Das überrascht niemand, der ihre schöpferischen Fähigkeiten kennt.

Wenn man sie so in ihrem Stuhl am Fenster sitzen sieht, ergraut und ein wenig schwer geworden, umgeben von bunten Stofflappen und vielfarbigen Woll- und Seidenresten; wenn sie mit Gelassenheit und Humor von den Wegen und Schicksalen ihrer Kinder und Enkel erzählt oder von ihren astrologischen Studien spricht, dann spürt man, daß es ein erfülltes Leben war, das seine Zeichen in ihr volles, rosiges, fast noch faltenloses Gesicht schrieb. Leicht war und ist dieses Leben nicht, aber es wurde bewältigt und rundgeschliffen. Nun kann die Harmonie der abendlichen Stille auch von den nie endenden Sorgen und Schwierigkeiten nicht mehr wesentlich gestört werden.

Als ich anfing, dieses Kapitel über sie zu schreiben, stellte ich noch ein paar Fragen an sie, unter anderem auch nach dem Kolonialwaren- und Gemüselädchen im Parterre ihres

Hauses. Sie antwortete bald und so ausführlich, wie ich es nur wünschen konnte:

»In den Jahren nach D.s Tod hatte ich nur den Garten und im Winter malte ich Kinderbücher. Meine eigenen Kinder kamen natürlich alle als handelnde Personen darin vor. Es gab die Weihnachtsgeschichte, die Schöpfungsgeschichte und das Tierparadies. Das letztere liebten die Kinder besonders, noch heute können sie Verse daraus auswendig. Darin ist jeder Tierart ein Raum zugewiesen, wo sie in Frieden leben und von der Mühsal des Erdenlebens ausruhen können. Es fand sich für diese Bücher, wie auch später für mein Bienenbuch, kein Verleger. Wegen der vielen Farben wäre der Druck zu teuer geworden.

Das Lädchen übernahm ich erst später als Zusatzverdienst zu meiner Lebkuchenwerkstatt. Da ich selber weder Talent noch Neigung zum Kaufmännischen hatte, stellte ich gleich eine tüchtige Verkäuferin an. Nur im Krieg, als meine Werkstatt schon geschlossen war, half ich mit, Zucker, Mehl, Seifenpulver und Kartoffeln zu verkaufen und auf Marken zu verteilen. Erst nach dem Krieg wurde das Lädchen endgültig verpachtet und so blieb es bis heute.«

Der Garten gedieh unter ihrer Hand und lieferte Gemüse, Kartoffeln und Obst für die heranwachsenden, immer hungrigen Kinder. Er füllte aber nicht nur die Speisekammer und den Keller. Für die Malerin Ly war es selbstverständlich, daß er auch vom frühesten Frühjahr bis spät in den Herbst eine verschwenderische Fülle von Blumen hervorbrachte. Kurz vor dem Krieg kamen auch noch Bienenstöcke dazu, die auf den Blumenbeeten ihres Gartens und in den umliegenden Gärten, auf den Wiesen und in den vielen Linden der Gegend ihre Nahrung fanden. »Der Honig meiner Bienen, der Garten und das Lädchen halfen uns im Verein mit einer Ziege über die Kriegsjahre«, schrieb sie.

Und weiter: »Auf die Idee mit der Lebkuchenbäckerei war ich schon lange vor dem Krieg durch eine Kindheitserinnerung gekommen und zwar an ein Gebäck, das mich in der Weihnachtszeit immer besonders beglückte. Es waren kleine Tierfiguren, umrahmt mit Zuckerperlen in getrennten Farben. Die dazugehörigen ererbten Förmchen waren noch da. Ich beschloß, ähnliche Kuchen zu backen und fing an mit Versuchen. Ich wälzte Konditorbücher, stellte Rezepte zusammen und probierte sie aus, bis ich den passenden Teig gefunden hatte. Nun entwarf ich neue, größere Figuren, schnitt sie aus dem Teig, buk und verzierte sie. Die fertigen Kuchen packte ich in zwei Handkoffer und fuhr damit zur Leipziger Messe, wo ich im Grassi-Museum einen kleinen Stand gemietet hatte. Der Erfolg war unerwartet groß. Ich bekam so viele Aufträge, daß ich sie kaum bewältigen konnte. Im Seitenflügel des Hauses wurde eine Werkstatt eingerichtet und ein paar weibliche Hilfskräfte angelernt. Begüterte Freunde verhalfen mir zu einem großen Backofen. Bald fing ich auch an, zu Ostern Eier und Hasen zu backen, und jedes Jahr fuhr ich im Frühjahr und im Herbst mit meinen Kuchen zur Messe. Die Lebkuchenwerkstatt spielte jahrelang in meinem und der Kinder Leben eine große Rolle. Es war die einzige Unternehmung, mit der ich Erfolg hatte, nur leider nicht finanzieller Art. Für die aufgewandte Zeit und Mühe blieb von dem Verdienst zu wenig übrig. Dazu kam, daß man weder Lebkuchen noch Biskuithasen auf Vorrat backen kann. Dadurch drängte sich die ganze Arbeit in die paar Wochen vor Weihnachten und Ostern zusammen. Oft mußte ich die Nächte zuhilfe nehmen, um alle

Aufträge termingemäß zu bewältigen. Dafür war dann der ganze Sommer frei für den Garten. Zu Beginn des Krieges mußte die Werkstatt wegen der Rationierung der Lebensmittel geschlossen werden. Sie wurde auch später nicht mehr aufgemacht. Ich hatte sie im Krieg für Ausgebombte und Flüchtlinge zur Verfügung gestellt und als die Räume nach Jahren wieder frei wurden, war ich zu alt für einen neuen Anfang. Jetzt backe ich in dem alten Backofen nur noch jedes Jahr zu Weihnachten Honigkuchen für den Hausgebrauch. Die Kinder, auch die auswärtigen, kommen dann helfen. Sie können es schon besser als ich. Es gäbe für sie kein Weihnachten ohne die Kuchen. Auch die Tochter in Kalifornien hat die Lebkuchentradition fortgesetzt und backt sie alljährlich zur Freude ihrer Kinder, besonders des großen Sohnes, Christoph.«

Soweit Ly selber. Es muß aber auch noch etwas gesagt werden über die Freude, die wir jedes Jahr an diesen künstlerischen und wohlschmeckenden Kuchen hatten. Zuweilen äußerten wir bei der Bestellung besondere Wünsche, die dann immer getreulich erfüllt wurden. Einmal bestellten wir eine große Eule für einen gelehrten Freund, ein Herz für eine

Freundin, einen Blumenkorb für Bens Geburtstag. Zum Weihnachtsfest gab es einen Christbaum mit bunten Kugeln und Kerzen; es gab auch einen stolzen Hahn, alle Zeichen des Tierkreises und natürlich die Krippe mit dem Jesuskind, Maria und Josef, den Hirten mit Herde und Hund und die Heiligen Drei Könige in Glanz und Prunk. Was immer die Freunde sich wünschten, formte die Ly mit unerschöpflicher Phantasie. Wir machten dann Gedichtchen dazu für jeden Empfänger und man konnte sich kaum ein reizenderes Geschenk denken. Viele dieser Lebkuchen fanden wir zu schön zum Aufessen. Jahrelang bewahrten wir sie in ihren Zellophanhüllen auf und nahmen sie immer wieder heraus, um sie zu bewundern. Die letzten begleiteten uns auf unserer Flucht nach Westdeutschland, wo wir sie dann in den Hungerjahren nach dem Krieg aßen, als wir sonst nicht viel zu beißen hatten.

Wie mit den Lebkuchen und den schönen Bilderbüchern ging es dann auch mit ihrem Bienenroman: ein materieller Gewinn kam nicht dabei heraus. In dem Bienenbuch hat sie mit wissenschaftlicher Genauigkeit, aber in der Form eines Romans, das bewundernswerte und komplizierte soziale Leben eines Immenstaates geschildert und zu jedem Kapitel eine Initiale gemalt, die an die kostbaren Malereien in alten Evangelien oder Stundenbüchern erinnerten und uns alle entzückten. Aber wieder kam es so, daß sich kein Verleger an den teuren Druck dieser preziösen Initialen heranwagte.

Bei allen ihren Unternehmungen, welcher Art sie auch waren, fand die Ly immer Zeit, ihren Kindern Geschichten zu erzählen, deren besonderer Reiz war, daß sich jedes der Kinder darin in märchenhafter Verkleidung erkennen konnte. Einer der Söhne schielte als Kind und stets war es dieser Schieler, dem auch die gefährlichsten Abenteuer zu unerwartetem Glück ausschlugen, weil er gut und klug war. Auch der starke Michel, die liebliche Veronika und die kleine Christa mit ihrem Köpfchen voll krauser Phantasien bekamen ihr Teil an den märchenhaften Abenteuern. Während des Erzählens waren die Hände der Mutter immer beschäftigt. Es entstanden Puppen aus alten Lappen, Fabeltiere aus Draht und Leder. In der Adventszeit wurde Weihnachtsschmuck angefertigt, vor Ostern Eier bemalt. Die Kinder durften immer mithelfen, und bald gaben sie auch eigenen Ideen Gestalt. Bei aller Kargheit des äußeren Lebens hatten sie eine bunte, reiche Jugend. Ly, die Vater und Mutter in einem sein mußte, gab ihnen eine Erbschaft, die sie dann in ihr eigenes Leben mitnahmen, jedes auf seine besondere Art. Immer schenkte diese Mutter aus den nie versiegenden Quellen ihres liebenden Herzens und ihrer schöpferischen Kraft.

In den Nachkriegsjahren, als wir Thüringer heimatlos geworden waren, wohnte meine Schwester mit ihrem Mann, dem Maler und Architekten Theo Kellner, ein paar Jahre in einem Flügel von Lys Haus, und auch ich wurde dort zuweilen als Besuch beherbergt. Es war die Zeit, als Kellner das Frankfurter Goethehaus aus Schutt und Trümmern wieder aufbaute. Er lebte damals völlig in der Aura Goethes, las jede Zeile, die der Dichter geschrieben, kannte jeden, der in seinem Leben eine Rolle gespielt hatte. Die Lykinder waren nun schon erwachsen und alle künstlerisch so interessiert, wie man es nicht anders erwarten konnte. Da gab es dann an den Sonntagen und an den langen Winterabenden Gespräche über die Aufgabe,die dem Freund der Familie zugeteilt worden war und die ihn ganz erfüllte.

Es wurde vorgelesen aus Briefen und Tagebüchern der Goethezeit, es wurden Bilder betrachtet und Gedichte rezitiert und dann entspannen sich lange Diskussionen. Auch musiziert wurde oft. Es waren trotz Hunger und sonstigen Sorgen schöne, fruchtbare Jahre für alle Beteiligten. Ich bin heute noch dankbar, daß auch Ben und ich etwas davon mitbekamen. Das alte Haus hat für mich seitdem etwas von der Atmosphäre der Goethezeit behalten.

Jetzt wohnen Kellners schon lange wieder in einem eigenen Haus am Stadtrand von Frankfurt. Von ihrem großen Wohnzimmerfenster kann man die ganze Taunuskette über die Niddawiesen hin sehen und am Fuß der Berge das alte Hugenottenstädtchen, in dem die Ly lebt. Als ich im Sommer vor meiner brasilianischen Reise bei den Geschwistern war, kam Ly zweimal herüber und während wir am Wasserbecken eines der schönsten deutschen Gärten saßen, zeigte sie uns Farbphotos von zwei bereits fertigen Bildteppichen.

Diese Teppiche sind wirklich, wie Theo Kellner einmal gesagt hat, eine Fortsetzung von Lys Kinderbüchern. Sie sind auf starkes

Leinen gestickt und mit Stoffstückchen appliziert. Der erste ist für den Ältesten, Michel. Er stellt eine Urwaldlandschaft von bunter Üppigkeit dar. Die konnte die Künstlerin nur im Frankfurter Palmengarten und auf Abbildungen studieren, aber nachdem ich selbst etwas von der subtropischen brasilianischen Landschaft und den zauberhaften Gärten der Freunde dort gesehen habe, kann ich nicht genug staunen, wie ähnlich Lys Hände das gestaltet haben und wie deutlich ihr inneres Auge geschaut hat, was ihre irdischen Augen nie sahen. Dieser Teppich heißt »Der alte Traum«. Ich faßte es so auf, daß die bunten Sittiche, die eigentlichen Akteure des Bildes, sich zurückträumen in die Heimat ihrer Ahnen, die sie nie gesehen haben, da sie in der Gefangenschaft geboren wurden. In Lys Tropenlandschaft schlingen sich Lianen von Baum zu Baum und auf den Ranken schaukeln sich Michels kostbare Vögel, alle mit ornithologischer Genauigkeit abgebildet. Als ich von Südamerika zurückkam, bat ich Ly um Abzüge der Farbfotos. Die Namen der Großsittiche teilte sie mir jetzt noch einmal in einem Brief mit. Da ist der Prachtrosella, der rotblaue Bartsittich, der graurosa Bartsittich, der blaugelbe Blaßkopfsittich. Das kleine grüne »Schwarzköpfchen« schickt sich auf dem Teppich gerade an, einen Käfig zu verlassen, den irgendwer an den Ranken aufgehängt hat. Ein gleiches wartet schon auf den Gefährten. »Sie gehören der Familie der unzertrennlichen Zwergpapageien an, die ganz monogam sind«, schrieb Ly. »Alle diese Vögel stammen von den verschiedensten Rassen und aus den verschiedensten Ländern, aus Asien, Südamerika, Afrika. Nie würden sie in der Natur zusammenkommen, noch sich auf so engem Raum miteinander vertragen. Das tun sie nur auf meinem Teppich.« Da haben wir wieder Lys »alten Traum« vom paradiesisch-friedlichen Zusammenleben, und so war der Titel gemeint. Die bunten Vögel sitzen oder fliegen zwischen Urwaldpflanzen und tropischen Blumen, die ebenso märchenhaft, aber auch ebenso naturwissenschaftlich richtig sind wie die Sittiche selbst. Das alles ist mit unendlicher Arbeit aus kleinen Stückchen von Seide oder alten Brokaten auf Leinen appliziert, umrandet mit winzigen Stichlein und mit glänzenden Woll-, Nylon- und Seidenfäden gestickt. Man glaubt es gern, wenn Ly sagt, daß sie zwei Jahre und mehr für jeden

Teppich braucht. Welche Mühe, aber auch welche wunderbare Altersbeschäftigung für diese Frau, bei der sich ihr ganzes Leben hindurch alles in Farben, Formen und Bilder umsetzte.

Der Teppich für Matthias, der schon als Kind eine nahe Beziehung zu allen Wasserwesen hatte, heißt »Das Harfenkonzert«. »Hier«, schreibt Ly, »halten sich die Fische nur sehr bedingt an die Natur. Sie sind der Phantasie entsprungen; es gibt sie in Wirklichkeit gar nicht. Man würde sie vergeblich in einem Fischlexikon suchen. Bei manchen bestehen die Körper aus schillernden Pailletten, die im Licht aufblitzen. Auch sie leben alle friedlich miteinander. Über dem Ganzen liegt ein warmer, grüngoldener Schimmer, weil die Sonne noch durch das Wasser dringen kann. Es ist kein Meeresbild, wie du angenommen hast, vielmehr der Grund eines Süßwassersees.«

Auf diesem Bild ist eine Harfe in die Felsspalte auf dem Boden des Sees gefallen. Bei ihrem Sturz hat sie ein Netz zerrissen und dadurch einen ganzen Schwarm Fische befreit. Die schwimmen nun fröhlich zwischen den Saiten hin und her und spielen das Harfenkonzert, dessen Akkorde und Melodien menschlichen Ohren nicht vernehmbar sind. Ly schrieb mir, daß ihr dabei das Mozartsche Harfenkonzert vorgeschwebt habe, bei dem manche Stellen auf sie so wirkten, als klängen sie durch Wasser hindurch. Jedenfalls gehören sie der Welt des Wassers an wie die musizierenden Fische, die sie hervorbringen, und sicher ist auch das ein Lied der Brüderlichkeit.

Ein neuer Teppich mit dem Titel »Der große Krake« macht ihr seit langem Kopfzerbrechen. Vor mehr als einem Jahr schrieb sie mir schon davon, aber das Werk hat noch keine konkrete Form angenommen. Ich lasse sie wieder selbst sprechen, da ich das alles nicht entfernt so lebendig schildern könnte wie sie. Sie schreibt:

»Ach, Zeit müßte man haben, Zeit, Zeit, um alles noch zu machen, was einem so durch den Kopf geht und man weiß nicht, wo zuerst anfangen. Diesmal soll es wirklich ein großes Bild vom tiefen Meeresgrund werden, das mir schon lange klar vor Augen steht, vor dem ich mich aber ein wenig fürchte. Denn in der Bildmitte sitzt in seiner dunklen Höhle der Große Krake mit seinen gräßlichen Fangarmen ... das Böse – der Tod. Vor der Höhle spielen die ahnungslosen Fische, schöne Korallen wachsen und Seeanemonen lassen ihre durchsichtigen Schleier wehen wie Tänzerinnen. Aber darf man das »dunkle Prinzip« denn darstellen, wenn es auch ein wichtiger Bestandteil der Welt – des Ganzen – ist? Falls der Teppich unabweisbar wird, werde ich in den Felsen über der Höhle des Kraken die bannenden Zeichen der Geometrie, der Alchimie und des Universums einmeißeln als heilendes Gegengewicht.«

Nun, wieder mehr als ein Jahr später, schreibt sie über dieses Krakenbild, das sie nicht losläßt, es sei ganz anders als das »Harfenkonzert«, in dem schillernde Phantasiefischlein umherschwimmen. »Hier ist es wirklich die Meerestiefe. Ich muß versuchen, die schönen, oft bizarren Formen der Natur getreu darzustellen, in Wolle, Brokat, Seide und Nylon übersetzt. Die Fische, die wehenden Seeanemonen mit ihren todbringenden Fanghaaren, die großen Krebse und Hummern führen nur in dem Augenblick, in dem ich sie auf den Teppich gebannt habe, ein friedliches Leben. Im nächsten Augenblick wird vielleicht schon der schöne, samtschwarze Fisch mit den gelben Streifen von den Fangarmen des Kraken umstrickt; der rote Räuber Murdjan mit seinen Teleskopaugen wird sich das arglose Seepferdchen holen und die rosige Seeanemone wird das azurblaue Fischlein in ihre tödliche Umklammerung gezogen haben. Wir wissen ja, daß in der matten, graublauen Dämmerung oder der fast völligen Finsternis der Tiefsee ein unbarmherziger Kampf aller gegen alle herrscht. Nur der Scheinwerferstrahl des Tauchers macht die unbeschreibliche, überwältigende Fülle der Farben und Formen dieser Unterwelt vorübergehend sichtbar.«

Was für Teppiche werden wohl für die beiden Töchter entstehen? Veronika lebt mit Mann und Kindern in Kalifornien, im Raum des pazifischen Ozeans und der jahrtausende alten Sequoien. Christa arbeitet in dem Telefonamt der großen Stadt Frankfurt. Es ist nicht das, was sie sich als junges Mädchen erträumt hat und worauf ihre Begabung hinzuweisen schien. Aber als Lys Tochter, die von allen ihren Kindern am häufigsten zur Mutter zurückkehrt, um ihr Gesellschaft zu leisten und an den Wochenenden die schweren Hausarbeiten für sie zu verrichten, wird wohl auch sie Märchen erleben, wenn sie beim

Nachtdienst die Drähte in vielen Sprachen summen und singen, drohen und schmeicheln hört – Stimmen aus aller Welt, die sie miteinander verbinden muß, auf daß sich Wort zu Wort findet. Ich könnte mir denken, daß die Mutter ihr einen Zauberteppich sticken wird, der sie zu den Erfüllungen trägt, die ihr im Leben versagt blieben.

Nun war der Älteste der amerikanischen Enkel einen Sommer lang in Deutschland zu Besuch, nachdem er die Oberschule absolviert hatte. Davon erzählte uns Ly im Haus der Geschwister in Frankfurt. Es ist leicht einzusehen, daß diesen Achtzehnjährigen das Taunusstädtchen mit dem stillen Haus der Großmutter und ihre liebevolle, alles verstehende Art wie ein Magnet anzog. Auch sie selbst fühlte die starke Anziehung dieses noch ganz ungeformten Nachkommen, in den sich ihre Phantasie jegliche Möglichkeit der Entwicklung hineindenken konnte. Sie hatten endlose Gespräche über Probleme der Gegenwart und Zukunft miteinander, oft bis tief in die Nacht hinein. Keiner von ihnen konnte genug bekommen von diesem Kennenlernen des anderen. An Lys heiterer Gelassenheit beruhigte sich der gärende, rebellische junge

Geist wieder und wieder, nur um wieder und wieder in Auflehnung gegen die Welt der Erwachsenen zurückzufallen, die alles so verkehrt gemacht hatten. Welch eine Erleichterung für ihn, all seine Fragen, Zweifel und Proteste hemmungslos heraussprudeln zu dürfen, ohne je mit der bequemen Ausrede abgetan zu werden: das verstehst du eben nicht.

Dieser junge Mann ist intelligent, aber er hat noch keine Ahnung, wo es mit seiner vielseitigen Begabung hinauswill. (In einem Brief von vorigem Frühjahr schrieb mir Ly: »Chris arbeitet wie ein Berserker an einer großen Holzplastik nach der anderen mit den Schnitzeisen und Meißeln, von denen ich ihm bei seinem Besuch einen ganzen Satz geschenkt habe.«) Was es auch sein wird, die Großmutter glaubt an seine Fähigkeiten mit der ganzen Inbrunst ihres Herzens. Das seltene, das ganz große Glückserlebnis für diesen jungen Menschen besteht darin, daß ihm hier ein alter Mensch gegenüber sitzt, der selbst noch nicht mit allem fertig ist, der immer noch sucht und versucht und darum nichts von der Überheblichkeit vieler Erwachsener dem chaotischen Zustand der Jugend gegenüber hat. Wartet denn nicht auf ihn und sie gleicherweise der Große Krake in seiner dunklen Höhle darauf, ob sie ihn werden gestalten und – vielleicht – erlösen können? Unter den Fragen, die Ly sich bei diesem Besuch gestellt hat, steht im Vordergrund die, ob sich bei dem Enkel die künstlerische Begabung seiner mütterlichen Großeltern durchsetzen wird oder die mathematisch-logische des väterlichen Großvaters, der ein prominenter Wirtschaftswissenschaftler ist; oder was sonst aus den unübersehbaren Verknotungen der langen Kette seiner Vorfahren. »Du mußt halt lange genug leben, um zu sehen, ob etwas aus mir wird«, sagte er, als wäre es eine Kleinigkeit für die Großmutter, das ganz nach seinen Wünschen einzurichten.

Der Großvater, reichlicher mit irdischen Gütern gesegnet als Ly, hat dem Enkel Geld zum Reisen geschenkt. Zuerst fährt er ein wenig in Deutschland umher, an den Rhein, in die Eifel, nach Maria Laach. Dann kommt das große Geschenk einer Reise nach Venedig. Auf dem Weg dorthin kehrt er noch einmal bei der Großmutter ein und läßt bei der Gelegenheit seine Jacke mit Paß, Visum und sonstigen Papieren auf dem Bahnhof des Städtchens liegen. Das Geld hatte er glücklicherweise in die Hosentasche gesteckt. Da die Bahnbeamten natürlich seine Großmutter kannten, übergaben sie ihr Jacke und Dokumente, und alles erreichte ihn noch rechtzeitig in München oder Salzburg, ich weiß nicht mehr wo. Er hatte vom Großvater genügend Geld bekommen, um in Venedig Hotel und Verpflegung zu bezahlen. Aber dann traf er gleich am ersten Tag auf dem Markusplatz eine bunt zusammengewürfelte Schar von Gammlern aus ganz Europa. Das waren Reisegefährten nach seinem Herzen, und anscheinend auch er nach dem ihren, denn er wurde ohne Umstände in ihren Kreis aufgenommen und verlebte eine »wunderbare Woche« mit ihnen am Strand der Adria, verliebt in Meer und Himmel und Wolken, und vielleicht auch in ein Mädchen, aber darüber verlautete nichts. Die freundlichen Italiener stifteten ihnen manchmal eine große Schüssel Spaghetti mit Tomatensauce; manchmal machten die Gammler auch Musik am Strand oder in einer Osteria und verdienten sich damit ein paar Lire, und oft suchten sie sich Muscheln und kochten sie in leeren Konservenbüchsen über offenem Feuer. Von diesen Freunden war Chris begeistert. Das waren »richtige« Menschen, erzählte er später der Großmutter, fröhlich, hilfsbereit, anspruchslos, grundanständig und dabei so herrlich frei von all den albernen Konventionen der Erwachsenenwelt.

Was gab es alles zu berichten, als er zurückkam! Ly arbeitete damals an einem Teppich, der ihr nicht gelingen wollte. »Er scheint mir mißglückt«, schrieb sie mir. »Oft bin ich ganz mutlos.« (Als ob ich diesen Zustand nicht kennte!) »Fast jede Nacht trenne ich wieder auf, was ich am Tag gemacht habe, und oft mehr als einmal. Und dabei das viele Einfädeln mit meinen alten Augen! Einmal hoffe ich doch damit zu Ende zu kommen. Daß der Chris wieder bei mir ist und mir von den Herrlichkeiten Venedigs erzählt, die ich nie gesehen habe, macht das ewige Auftrennen weniger bedrückend.«

Das waren nun die letzten Tage des Zusammenseins vor seinem Rückflug nach Kalifornien. Und immer wieder tauchte dabei das auf, was den Jungen so stark zu beschäftigen schien: »Ich werde was, Großmutter, ich weiß nur noch nicht, was. Versprich mir, daß du noch da bist, wenn ich wiederkomme und dir sagen kann, daß ich es geschafft habe. Es kann zehn Jahre dauern, vielleicht auch zwanzig. Solange mußt du halt warten. In zwanzig Jahren bist du zweiundneunzig, so alt werden doch viele Leute jetzt. Versprich es mir!

»Jaja«, sagt die Ly, ein wenig erschrocken, aber doch auch beglückt über den stürmischen Wunsch, der fast wie ein Befehl klingt. Indessen galoppiert er schon weiter. »Denk immer daran, vergiß es ja nicht! Es ist unbedingt, unbedingt nötig, daß du daran glaubst und wartest. Nur ein bißchen Geduld brauchst du, und ich brauche Zeit. Ja ... zwanzig Jahre wären besser als zehn.«

Noch zwanzig Jahre leben, denkt die Ly, und es schwindelt ihr ein wenig. Freilich hat sie ja auch selbst schon gesagt, daß sie noch Zeit braucht, viel Zeit sogar. Aber ihr Herz ist nicht mehr so tüchtig wie einst, und sie wird leichter müde als noch vor zehn, vor fünf Jahren. Immerhin, sie traut sich schon noch etwas zu, zehn Jahre allenfalls für die Kinder und Enkel, für die Freunde, die Teppiche der Töchter ... und für den Großen Kraken. Aber zwanzig Jahre! Mein Gott, welch ein Ansinnen, solange zu warten, bis dieser sprudelnde, schäumende Most sich geklärt hat und der rebellische Junge ein Mann geworden ist. Aber auch welch ein atemberaubendes Glück, daß er sie braucht, daß er sich wünscht, sie möge noch da sein und sich mit ihm freuen, wenn er einst zurückkommt und ihr sagen kann, daß er seinen Weg gefunden hat.

ZWEI VARIATIONEN
ÜBER DAS THEMA FAMILIE

Zwei ältere Schwestern meines Vaters schöpften die Kraft zu ihrer Haltung aus den Quellen des Glaubens. Ergeben in den göttlichen Willen nahmen sie das Alter und seine Beschwerden hin, gefaßt sahen sie dem Tod entgegen, der sie wieder zu ihren vorausgegangenen Lieben führen würde. Sie waren zwei alte Damen, wie man sie heute nur noch selten findet, nämlich mit Überzeugung und Würde alt, unter Verzicht auf jede vorgetäuschte Jugendlichkeit. Die wechselnde Mode machte ihnen kein Kopfzerbrechen mehr, und wie vornehm sahen sie aus in ihren sorgfältig gepflegten grauen oder schwarzen Kleidern, deren solides Material jahrzehntelang hielt. Die Röcke waren weit und lang, bis zum Fußboden hinunter; sie verbargen mindestens zwei warme Unterröcke, und auch die langen, schwarzen, handgestrickten Wollstrümpfe waren neugierigen Blicken entzogen. Ihre Schuhe waren so haltbar wie alles andere, breit und bequem, mit flachen Absätzen; sie brauchten selten frisch besohlt und noch seltener erneuert zu werden. Als bei Tante Franziska in ihrem neunten Lebensjahrzehnt die Haare dünn geworden waren, trug sie ein zierliches Spitzenhäubchen, wie ich es auch von meiner Großmutter erinnere. – Ach, wie ich mir wünsche, auch so bequeme Kleider und Schuhe und solch ein reizendes Häubchen tragen zu dürfen, wenn es bei mir einmal soweit sein wird!

Die beiden Halbschwestern waren einander herzlich zugetan, aber solche Individualistinnen, so grundverschieden in Temperament und Neigungen, daß sie, auch als beide alleingeblieben waren, nie den Versuch machten, zusammen zu leben. Ihre Wohnungen waren so altmodisch wie sie: mit glatten, gediegenen Möbeln aus der Biedermeierzeit, die zum Teil schon das Leben ihrer Eltern begleitet hatten. Ein neues Stück erinnere ich mich nicht, bei ihnen je gesehen zu haben, höchstens daß einmal das Sofa neu bezogen werden mußte, und das war eine vielbesprochene, reiflich überlegte Haupt- und Staatsaktion. Bei beiden waren Kinder und Enkel, Nichten und Neffen jederzeit willkommen. Sie hatten Zeit, weil all das Überflüssige, das unser Leben heute belastet, keine Rolle bei ihnen spielte. Freilich hatten sie auch mehr Hilfe im Haus, menschliche Hilfe im Gegensatz zu unseren elektrischen Hilfsmitteln, die zwar uns bedienen, die wir aber unsererseits auch bedienen müssen. Alles bei den Tanten strömte warme Behaglichkeit aus, in der wir Jungen uns daheim und geborgen fühlten. Aber auch für die Nöte anderer Menschen war immer Platz in ihren stillen Zimmern und hilfsbereiten Herzen.

Von beiden erfuhr und bewahrte ich vieles aus der Geschichte unserer Familie, was ohne sie längst unter dem Schutt der Jahre begraben läge. Tante Franziska las mir zuweilen Briefe aus der Brautzeit ihrer Eltern vor. Ich sehe noch die vergilbten Umschläge vor mir, auf denen meistens D.G. stand. Das bedeutete, daß die Briefe von gefälligen Freunden mitgenommen worden waren, »Durch Güte« befördert, nicht durch die teure Post. Selbst die Briefe Liebender hatten es damals nicht so schrecklich eilig! Auch mit dem Heiraten wartete man ja, bis der junge Mann eine Familie ernähren konnte. Mein Vater und seine Braut waren sieben Jahre verlobt; er mußte erst sein Doktorexamen machen. In der königlich preußischen Armee, deren Offiziere ja minimale Gehälter bekamen, andererseits aber ein Haus machen mußten, wurde noch bis vor dem ersten Weltkrieg bei der Heirat von Staats wegen ein Kommißvermögen verlangt, wie man es nannte. Entweder die Braut oder der Bräutigam mußten es nachweisen, sonst gab's keine Heiratserlaubnis.

Die Briefe, die mir Tante Franziska vorlas, stammten aus der ersten Hälfte des vorigen Jahrhunderts. Ihre Mutter war die Tochter eines französischen Offiziers an König Jeromes Hof in Kassel und eines adeligen deutschen Fräuleins gewesen; mein Großvater ein junger nassauischer Richter. Sie warteten und hatten sich lieb. Manchmal erläuterte die Tante mir eine Stelle mit Erinnerungen aus ihrer eigenen Jugend. Manchmal übersprang sie auch ein paar Sätze, weil sie ihr »zu zärtlich« waren. Von Gefühlen wurden in unserer Familie nie viel Worte gemacht, und zumal zwischen Alten und Jungen konnte von Intimität keine Rede sein. Bei aller Wärme der Zuneigung stand doch immer der Respekt im Vordergrund. Die Briefe aber wurden für mich trotz der diskreten Überspringungen eine Fundgrube von Brauch und Sitte jener längst vergangen Zeit.

Tante Paula, die viel jüngere der Schwestern, behandelte uns Nichten, an denen sie in gewisser Hinsicht Mutterstelle vertrat, schon mit etwas mehr Vertraulichkeit. Aber auch bei ihr gelang es uns nicht, etwas über ihre Jugendlieben zu erfahren, obwohl uns das brennend interessiert hätte, denn wir wußten, daß sie ein gefeiertes Mädchen gewesen war. Sonst aber wurde sie nicht müde, uns von Begebenheiten ihrer Jugendjahre zu erzählen. Das einfache Leben im Limburger Amtshaus, wo die Generation meines Vaters und seiner Geschwister aufwuchs, wurde uns dabei so deutlich, daß ich mich noch ein halbes Jahrhundert später, als ich nach Limburg kam, in dem schönen Haus am Fluß ohne Hilfe hätte zurechtfinden können. Die einstigen Bewohner kannte ich so gut, als wären sie nicht längst zu Staub zerfallen; ihre Eigenheiten, ihre Lebensführung, die Streiche der wilden Brüder, das alles war mir greifbar nah, mit den Glanzlichtern von Tante Paulas Humor und scharfer Beobachtungsgabe übersprüht. Manche ihrer farbigen Schilderungen könnte ich heute noch im Wortlaut wiedergeben. Dabei war nicht zu verkennen, daß sie ihrer Phantasie manchmal die Zügel schießen ließ, aber immer so, daß es genau dem Charakter der geschilderten Person oder Situation entsprach, wodurch es dann schon fast in die Sphäre des Dichterischen gehoben wurde.

Zwei Variationen über das Thema Familie empfing ich also von den beiden Tanten. Sie wurden mir zur kostbaren Erbschaft, ohne die ich später nie mein Buch über die Jugend meines Vaters und seiner Geschwister hätte schreiben können.

Was ist es nun, das durch die Wandlungen und Schicksale eines langen Lebens die Linie einer Persönlichkeit immer klarer hervortreten läßt? Wie kommt es, daß das innere

Leuchten oft erst im Alter stark genug wird, um es jedem, der eine Weile in seinem Schein leben durfte, unvergeßlich zu machen?

Ich brauche nicht daran zu erinnern, daß es auch junge Menschen gibt, von denen dieses Leuchten ausgeht, weil ihre Persönlichkeit schon früh die gültige Form gefunden hat. Das sind dann meist genial Begabte, deren frühe Reife darin begründet ist, daß ihnen nur wenige Jahre zugemessen sind. Da drängt sich dann alles in einer kurzen Spanne zusammen, was normalerweise Jahrzehnte zur Entwicklung braucht. Bei Mozart war es so, bei Schubert, Byron, Raffael, um nur ein paar Namen auf dem Gebiet des Künstlerischen zu nennen. Ich weiß auch von einem frühverstorbenen Mädchen, das ebenfalls eine geniale Begabung hatte, wenn auch ganz anderer Art, nämlich eine Ausstrahlung so reiner Güte, daß Menschen, die sie kannten, dadurch eine unvergeßliche Beglückung empfingen. Aber die Frühvollendeten sind ja die Ausnahme. Unzählige andere – Wissenschaftler, Erfinder, Maler, Dichter und Bildhauer müssen sich oft lange Jahre mühen, um erst im Alter ihr Meisterwerk zu schaffen. Und wie viele von uns brauchen ein ganzes Leben, um die »innere

Gestalt« zur Reife zu bringen! Es ist tröstlich, daß sie auch im Alter noch weiterwachsen kann, denn einen Stillstand gibt es nicht, solange noch Leben da ist. Immer freier kann sich die Wesenheit entfalten, wenn erst alles Äußere unwichtig geworden ist, wenn kein Ehrgeiz, kein Geltungsbedürfnis, kein Jagen nach Erfolg mehr stört und hemmt. Das Weiterwachsen der Persönlichkeit vollzieht sich oft noch unter Bedingungen, bei denen man es nicht mehr für möglich halten würde. Es gibt Kräfte der Seele und des Herzens, die selbst den Verfall des Geistes noch überleben.

Immer wieder gilt das gleiche Gesetz: auch die letzte Herausforderung kann angenommen oder abgelehnt werden. Bis zuletzt ist das Abenteuer nicht zu Ende. Vor dreißig Jahren schrieb uns Hans Carossa diesen Vers in eines seiner Bücher, der in reiner Dichtung ausdrückt, was ich versucht habe, in Prosa zu sagen:

> Wer einem Wink folgt im Sein,
> vieles zu Einem erbaut.
> Stündlich prägt ihn der Stern
> und nach glühenden Jahren,
> wenn wir irdisch erblinden,
> reift eine schönre Natur.

KENNEN SIE GOLDHAMSTER?

Kennen Sie Goldhamster, liebe Mit-Großmütter? Ich hätte nie gedacht, daß diese hübschen Tierchen einmal eine Rolle in meinem Leben spielen würden. Aber anscheinend gibt es keine Grenzen für das, was einer Großmutter auf dem Gebiet der Abenteuer zustoßen kann. Besonders wenn es eine ist, die sich schon immer und auch jetzt im Alter noch leicht verführen läßt, sich auf ein neues Wagnis einzulassen.

Mein ältester Enkel David hatte sich zu Weihnachten einen Hamster gewünscht, weil das das einzige Haustier war, zu dem er seinen Vater überreden zu können hoffte. Seine Hoffnung erfüllte sich. Damit begann nicht nur für David und seine Brüder, sondern auch für mich eine Zeit vielfacher Erfahrungen für Verstand und Herz.

Der neue Hausgenosse hat etwa die Größe einer Ratte und gehört wie diese der Familie der Nager an. Aber sein Pelz ist nicht grau, sondern goldfarben. Es gibt allerdings auch weiße und gescheckte Goldhamster, aber David hatte sich für einen goldenen entschieden. Das Tierchen hat einen komischen kleinen Stummelschwanz, den es als Stütze benutzt, wenn es aufrecht auf den Hinterbeinen steht; nicht also den von den meisten Menschen als abstoßend empfundenen langen, nackten Schwanz der Ratten und Mäuse. »Hamster«, wie David ihn kurzweg nannte, war in jeder Weise ein bestechendes kleines Tier, munter und anmutig, sanft und immer bereit, seinem Herrn Gesellschaft zu leisten, entweder in seiner warmen Hand behaglich zusammengerollt oder auf dem Tisch im Bubenzimmer die fremde Welt der Schulbücher und Hefte erforschend. Tagsüber, wenn die Buben in der Schule sind, schläft er meist friedlich in seinem Nest, daß sich sowohl die männlichen wie die weiblichen Exemplare der Gattung ordentlich in einer Ecke ihres Käfigs einrichten. Man braucht ihnen nur Futter hinzustreuen, dann kommen sie hervor, strecken sich, öffnen den Rachen zu einem für ihre Größe ungeheuren Gähnen und sammeln eifrig alles Eßbare in ihre Backentaschen. Dabei wird deutlich, was das von den Menschen übernommene Wort hamstern bedeutet, nämlich auch im Zustand gänzlicher Sättigung jegliches Futter zu sammeln, in die praktischen Taschen zu stopfen und dann an einem bestimmten Platz ihres Käfigs, wie in der Freiheit in ihrem Bau, aufzustapeln. Die Backentaschen schwellen dabei zu grotesker Dicke an, sie scheinen fast unbegrenzt dehnbar zu sein. Ihr Inhalt wird in der Vorratskammer entleert, und das Sammeln beginnt von neuem. Nicht nur Nahrung, sondern auch das Material fürs Nest, sei es Heu, zartes Seidenpapier oder in der Tierhandlung gekaufte Streu, wird mit der Backentasche ins Nest befördert und dort systematisch verteilt. Genauso ordentlich wird auch das Endresultat des für ein so kleines Tierchen erstaunlichen Nahrungskonsums sauber an einem bestimmten Ort, möglichst weit vom Nest und der Speisekammer entfernt, deponiert.

Wir alle waren sofort gefangen von dem Charme des Hamsterchens, das mit seinen dunklen Knopfäuglein so lustig und unternehmend um sich schaute, sich so gern aus dem Käfig nehmen, streicheln und liebhaben ließ. Es schien menschliche Gesellschaft zu genießen. Da Hamster Nachttiere sind, werden sie mit zunehmender Dunkelheit immer lebhafter. Davids kleiner Freund lief oft halbe Nächte lang in seinem Schaukelrädchen spazieren. Dieses Rädchen macht ein leises, man kann fast sagen melodisch quietschendes Geräusch, was aber die Buben nicht am Einschlafen hindert. Ganz im Gegenteil, behaupten sie, sie könnten sich gar nicht vorstellen, daß sie früher *ohne* dieses beruhigende Quietschen einschlafen konnten.

Auch Alan, das Baby der Familie, war vom ersten Tage an von dem Hamster wie verzaubert. Seine Mutter mußte David fest versprechen, wie ein Polizist aufzupassen, daß sich der Kleine nicht an dem Käfig zu schaffen machte, wenn die Brüder in der Schule waren. Natürlich wünschte sich Alan einen Hamster

»ganz für sich allein«. Er hatte vor kurzem einen Verlust erlitten, als die große Schildkröte Gertrud, von ihm »Göhrtrödd« genannt, aus dem Garten verschwunden war und nicht wieder aufgefunden wurde. Vier Jahre lang hatte sie mit der Familie gelebt, sich im Winter in einem Erdloch unter welkem Laub verkrochen, um im Frühling wieder aufzutauchen. Als Alan groß genug war, um sich allein im Garten zu beschäftigen, hatte er sie jeden Morgen mit den abgefallenen Trompetenblüten der Bignonie gefüttert, die sie besonders schätzte. Man kann nicht sagen, daß Göhrtrödd ein unterhaltender Spielkamerad war, aber sie fehlte Alan doch, und ein Hamster war genau das, was er sich als Ersatz wünschte. Das wurde abgelehnt mit der Begründung, die er so oft zu hören bekam, daß er noch zu klein sei, um ein Tier regelmäßig zu füttern und seinen Käfig sauberzuhalten.

Bei Norman sah die Sache anders aus, er war damals schon fast zehn Jahre. Aber auch seinen Wünschen gegenüber waren die Eltern, wenigstens einstweilen, zurückhaltend.

Zunächst war alles eitel Glück mit David und Hamster, an dem sich auch die Brüder mitfreuen konnten. Aber eines Abends, als der

Vater zu einer Konferenz verreist war und die Mutter friedlich lesend im Wohnzimmer saß, erschien plötzlich ein leichenblasser David bei ihr, unfähig, ein Wort hervorzubringen vor unterdrücktem Schluchzen. »Ist etwas mit Norman?« fragte die Mutter, zu Tode erschrocken über den so verstörten Ältesten. – »Viel schlimmer!« murmelte David. – »Aber so rede doch, Junge!« – »Hamster!« brachte David endlich mühsam hervor. »Hamster stirbt.« Er hatte das Rädchen nicht mehr gehört und war davon aufgewacht, wie der Müller aufwacht, wenn seine Mühle stille steht. Er war aufgestanden und hatte Hamster auf dem Boden seines Käfigs liegend gefunden, unbeweglich und alle viere von sich streckend.

»Komm, zeig mir, was da los ist«, sagte die Mutter, nahm den nun fassungslos schluchzenden Jungen an der Hand und ging mit ihm zum Käfig. Das Tierchen lag wirklich wie leblos da, aber als es David sanft mit dem Finger anstieß, zuckte es. »Es lebt noch«, rief er, »es ist noch ganz warm. Zum Tierarzt, Mam, schnell, schnell!«

Die Mutter packte geschwind Sohn und Hamsterkäfig in den Wagen, rief eine Nachbarin an, sie möge ein Auge und Ohr auf das Haus und die beiden fest schlafenden Brüder haben, und dann ging es durch das nächtlich stille Städtchen zum Tierarzt. Der hatte glücklicherweise Praxis und Wohnung im gleichen Haus, und in der oberen Etage war noch Licht. Er kam selbst herunter, um die Tür zu öffnen, nahm David den Käfig ab und trug ihn in seinen Behandlungsraum. Dort hob er den Hamster heraus, setzte sein Hörrohr an, befühlte den Patienten und sagte dann: »Tut mir leid, mein Junge. Er ist schon tot. Da kann ich nichts mehr machen.« – »Aber wenn ich ihn so mit dem Finger stoße«, beharrte David, »dann rührt er sich doch. Sehen sie nur!« Der Tierarzt schüttelte den Kopf. »Was würden Sie denn tun, wenn es *Ihr* Hamster wäre?« fragte David verzweifelt. – »Ich glaube, ich wäre verrückt genug, um es noch mit einer Spritze zu versuchen«, antwortete der Arzt. David sah seine Mutter flehend an. »Ich will alles bezahlen, alles, Mam. Bitte, Mam. Oh, bitte!«

Der Arzt machte eine Spritze zurecht, führte die Nadel ein, ließ langsam die Flüssigkeit einlaufen. David biß sich die Lippen blutig, gab aber keinen Ton vor sich. Die Mutter zählte die Sekunden. Als sie bis vierzig gezählt hatte, fing das Tier plötzlich an, sich zu bewegen. Es reckte sich, wie immer, wenn es aus dem Schlaf erwachte, hob den Kopf und öffnete die Augen. »Er lebt! Sehen Sie, Herr Doktor, er lebt!« – »Es ist möglich, daß er ausgetrocknet war«, sagte der Arzt. »Hamster brauchen sehr viel Flüssigkeit.«

Ja, gestern war das Trinkgefäß zerbrochen; David hatte ein Schälchen mit Wasser hingestellt, aber offenbar hatte Hamster keinen Gebrauch davon gemacht.

Die Mutter ließ sich die Rechnung geben und schrieb einen Scheck. Sie hat nie einer lebenden Seele verraten, was sie für diesen Nachtbesuch, noch dazu einen Sonntagnachtbesuch, bezahlte. Aber sie brachte es nicht übers Herz, aus Davids Ersparnissen einen Zuschuß anzunehmen. Er hatte schon genug gelitten.

Als er am nächsten Tag das Ereignis mit Norman besprach, der die ganze Aufregung verschlafen hatte, meinte der, es sei ein klarer Wink, daß man einen zweiten Hamster haben müsse, und zwar ein Weibchen, damit wenigstens für Nachkommenschaft gesorgt sei, wenn wirklich einmal ein Unglück passierte.

Sie wußten ja ohnehin, daß Goldhamster keine lange Lebensdauer haben. Aber von diesem Plan wollte die Mutter durchaus nichts wissen. Eine Hamsterzucht in dem chaotischen Zimmer der Buben, zwischen elektrischen Drähten über den ganzen Boden, Stahlkonstruktionen, einer Eisenbahn und chemischen Retorten – das hätte ihr noch gefehlt, sagt sie.

Am Abend besprachen die Buben ihr Projekt noch einmal unter vier Augen. Sie sind jetzt gute Freunde und tun fast alles gemeinsam. Sehr anders, wie vor zwei Jahren noch, als sie so wilde Kämpfe miteinander hatten, daß man fürchten mußte, sie könnten sich einmal ernstlich dabei verletzen. Das Ergebnis dieses Gespräches war ein abendlicher Telefonanruf bei der Großmutter: »Du mußt dir ein Hamsterweibchen anschaffen, Oma!« tönte es mir aus zwei Telefonen entgegen, was die Verständigung erschwerte. »Ein was?« fragte ich. – »Ein Hamsterweibchen.« – »Aber Kinder, ihr wißt doch, daß ich arbeiten muß und keine Zeit für ein Tier habe.« – »Och, Zeit brauchst du doch nicht dafür. Hamster machen überhaupt keine Arbeit. Und wir müssen unbedingt Nachkommenschaft von Hamster züchten. Wir bringen ihn dir dann zum Decken hinüber. Du wirst soviel Spaß haben an einem Nest voller süßer junger Hamsterchen, paß nur auf.« Ich kam gar nicht mehr zu Wort. – »Nämlich weil du doch Tiere so gern hast und früher einen ganzen Zwinger voller Hunde hattest und Katzen und sonst noch Tiere.« Das war die zweite Stimme. Und nun wieder die erste: »Ziegen und Schafe, die auch Junge bei dir bekamen. *Das* war natürlich viel Arbeit. Aber ein Hamster, so ein winziges Tierchen macht wirklich keine Mühe. Es wäre so eine nette Abwechslung für dich, wo du doch soviel allein bist.«

Daß es eine Abwechslung wurde, kann ich nicht leugnen. Vor allem wurde es eine ausgesprochene Abwechslung gegen die sonst ziemlich strenge Routine meines Arbeitstages. Aber was kann man machen, wenn die Enkel finden, man sei die einzig richtige Person für die ehrenvolle Aufgabe! Schon zwei Tage später ging ich in die Tierhandlung und erwarb eine bezaubernde kleine Hamsterin, noch tiefer golden als Davids Männchen, erwarb sie samt Käfig, Trinkgefäß, Rädchen, Futter und Streu, und es kostete mich alles in allem nicht mehr als 6 Dollar 45 Cents. Das war allenfalls zu erschwingen. Wenn ich die Ferngespräche mit Oxnard dazurechne, die in Sachen Hamster geführt wurden, dann sieht die Bilanz schon etwas anders aus. Aber wozu kleinlich rechnen, wenn es sich um meinen guten Ruf als Großmutter handelte.

Ich brachte also meine Neuerwerbung heim, stellte den Käfig an eins meiner Küchenfenster und beobachtete Goldi, wie ich die hübsche Kleine genannt hatte, die sich sofort eifrig daranmachte, ihren Haushalt einzurichten. Zwischendurch nahm sie freundlich Sonnenblumenkerne und frische Salatblätter aus meiner Hand, hielt alles zierlich zwischen den Vorderpfötchen, während sie daran knabberte, trank auch etwas aus ihrem am Käfiggitter aufgehängten Wassergefäß und legte sich dann für den Rest des Tages schlafen.

Als ich mein Abendbrot richtete, war Goldi zu ihrem nächtlichen Leben erwacht. Sie benutzte ihr Rädchen, sammelte die Körner, die ich ihr in den Käfig geworfen hatte, in die Backentaschen, brachte sie in die bereits ordentlich eingerichtete Vorratskammer, stellte sich dann aufrecht am Gitter auf und schnupperte begierig nach den Mandelstückchen, die ich ihr hinhielt. Das alles machte einen so freundlichen Eindruck, daß ich mir einbildete, sie habe bereits eine Zuneigung zu mir gefaßt. Ich streckte die Hand in den Käfig, um sie herauszunehmen und mich noch näher mit ihr bekannt zu machen. Das war ein Fehler. Vier nadelscharfe Schneidezähne fuhren blitzschnell in meine Fingerspitzen. Blut tropfte auf den Tisch, auf den Küchenboden und mein frisch gewaschenes Kleid. Ich änderte Goldis Namen in Nasty (Ekel), der schnöden Behandlung wegen. Am Abend rief ich die Enkel an, die mich darüber aufklärten, daß Hamsterweibchen nie ganz so zutraulich werden wie Männchen. David hatte ein Büchlein, dem sie all die Weisheit entnahmen, das wollten sie mir dann mitbringen. Die Weibchen, sagten sie, hätten eben den tief eingewurzelten Instinkt, ihr Nest verteidigen zu müssen. Tatsächlich stellte ich am nächsten Tag fest, daß Nasty weniger angriffslustig war, wenn ich sie abends für eine Stunde aus dem Käfig in eine bereitstehende große Kiste ließ.

Die Osterferien nahten heran, und es war Zeit, daß die Familie zur Hamsterhochzeit herüberkam, damit das freudige Ereignis während Davids Osterferien stattfinden konnte. Nachdem das in zwei Ferngesprächen eingehend erörtert worden war, erschien die Familie eines Sonntags vollzählig bei mir, einschließlich Hamster in seinem Käfig.

Nun gab es wieder etwas für mich zu lernen. Hamsterdamen nämlich sind nur an jedem vierten Tag bereit, die Bewerbung des Männchens anzunehmen. An den drei übrigen Tagen lassen sie sich auf nichts ein, sondern reagieren auf jede Annäherung mit wütendem Beißen. Da es keine Anzeichen für den richtigen Tag gibt, mußten wir es also auf einen Versuch ankommen lassen. Nasty wurde dazu in den Käfig des Bräutigams befördert. Hätte man ihn in *ihre* Behausung gelassen, dann wäre von vornherein keine Aussicht auf Anbahnung zärtlicher Beziehungen gewesen. Mit dicken Lederhandschuhen an den Händen ergriff ich also das goldene Tierchen, setzte es geschwind in Hamsters Käfig und die ganze Familie umstand das Brautgemach, gespannt, was sich ereignen würde.

Es ereignete sich nichts, wenigstens nichts, was unserer Absicht entsprach. Die beiden Brautleute spielten zwar eine Minute lang miteinander, es sah aus, als mache Nasty dem

Bräutigam Avancen, aber sobald er zur Sache kommen wollte, wehrte sie sich mit Krallen und Zähnen und schon wälzte sich ein Knäuel von goldenen Hamsterfellchen auf dem Käfigboden. Nach Liebe sah das nicht aus. Nasty mußte schleunigst entfernt werden. Nachdem sich Hamster von dem Schreck erholt hatte, versuchten wir es noch einmal. David war in schrecklicher Sorge, daß seinem Liebling etwas zustoßen könne und beschwor mich, notfalls schnell einzugreifen. Es sah tatsächlich so aus, als wäre Nasty drauf und dran, ihre spitzen Zähne in die Kehle des Bewerbers zu bohren, der eher bekümmert-erstaunt als eroberungslustig aussah. Meine behandschuhte Hand entfernte also zum zweitenmal die renitente Braut. Wieder in ihrer eigenen Behausung angekommen, putzte sich Nasty lang und gründlich, augenscheinlich geärgert von der Witterung des unerwünschten Verehrers.

David und Norman, gewohnt, natürliche Angelegenheiten mit sachlichem Ernst zu behandeln, berieten, was nun geschehen solle. Das Vernünftigste, meinten sie, sei, Nasty samt Käfig mit nach Oxnard zu nehmen und dort jeden Abend einen neuen Versuch zu machen. Einmal müsse man doch den richtigen Tag erwischen.

Die geduldigen Eltern zogen also mit einem Auto voller Buben ab, von denen zwei je einen Hamsterkäfig auf den Knien hielten und den Vater bei jeder Kurve zu vorsichtigem Fahren ermahnten, damit die Tierchen nicht umhergeschleudert wurden. Am nächsten Tag hörte ich nichts. Erst am übernächsten Abend rief David an und berichtete, soeben habe die Hochzeit stattgefunden. Ich gratulierte. Da die Trächtigkeit bei Hamstern sechzehn Tage beträgt, war mit der Geburt der Jungen am Mittwoch der Osterwoche zu rechnen.

Am Abend des letzten Schultages, einem Freitag, erschien wiederum die gesamte Familie zum Abendessen mit den zwei Hamsterkäfigen und Davids Koffer bei mir. Obwohl Hamsters Anwesenheit nicht mehr nötig war, wollte sich David doch nicht eine ganze Woche von ihm trennen. Hamsters Käfig kam auf den abwaschbaren Spieltisch im Jungenszimmer, wo David ihn von seinem Bett aus sehen konnte und wie zu Hause vom Quietschen des Rädchens in Schlaf gewiegt wurde. Die Familie war wieder heimgefahren, nachdem ich Norman noch versprochen hatte, daß er sich einen der jungen Hamster aussuchen dürfe, wenn sie soweit waren, daß sie ohne Mutter auskommen konnten. Nasty und ihre übrigen Kinder sollten dem zuverlässigen Tierhändler im benachbarten Ventura übergeben werden, der schon versprochen hatte, sie nur an Familien mit tadellosem Leumund abzugeben. Das erinnerte mich lebhaft an einen Ausspruch von Ben zur Zeit meines Hundezwingers. »Wenn du einen Junghund verkaufst«, sagte er damals, »dann ist das so, wie wenn andere Leute eine Tochter verheiraten.«

Am ersten Abend standen David und ich noch lange an Nastys Käfig und schauten amüsiert zu, wie sie ihr unterwegs etwas durcheinandergerutteltes Nest wieder in Ordnung brachte. Sie war eine pedantische kleine Hausfrau. Dann erst nahm sie gnädig Futter aus meiner Hand, schien aber gegen jede Berührung noch ablehnender als zuvor. Das mußte man ihrem Zustand zugute halten.

David berichtete mir dabei über den Vorgang der Vermählung. »Es war halt der richtige Tag«, sagte er. »Nasty benahm sich sofort anders als an den vorherigen Tagen. Sie biß nicht nach Hamster, sondern war ganz freundlich, ließ sich von ihm beschnuppern und beschnupperte ihn und plötzlich drehte sie ihm ihre Rückseite zu und stand stockstill, bis er sie gedeckt hatte.«

Eine präzisere Erklärung konnte man sich nicht denken. Es war nichts von Sensation dabei, es wurde einfach mit naturwissenschaftlicher Genauigkeit geschildert. Norman hätte es genau so erzählt und wahrscheinlich auch der Jüngste kaum anders. Von frühauf hat meine Tochter den Kindern auf alle Fragen nach der Fortpflanzung von Mensch und Tier klar und wahrheitsgemäß geantwortet, soweit es ihren Fragen entsprach. Nicht weniger, aber auch nicht mehr. Der ganze Komplex war von vornherein jeder Heimlichkeit entkleidet und bedeutete nichts wesentlich anderes, als die Befruchtung einer Blüte durch ein Insekt.

Nasty benutzte nun ihr Rädchen weniger als vorher und bald gar nicht mehr. Sie schlief mehr als früher, fraß mehr, und wenn sie wach war, beschäftigte sie sich mit der Verbesserung des Nestes. Ich hatte ihr ein paar zarte Papierserviettchen in schmale Streifen gerissen, mit denen sie sich immer wieder die Backentaschen so vollstopfte, daß sie unförmig anschwollen und weit dicker wirkten, als ihr Leibesumfang, an dem wir kaum eine Änderung gegen früher bemerken konnten. Jedesmal wenn sie die langen Papiergewinde ausgespuckt und über dem Nest ausgebreitet hatte,blieb sie eine Weile leise schnaufend auf der sauberen Streu liegen. Dann ging sie wieder auf Nahrungssuche; ihre Vorratskammer konnte den Überfluß kaum noch fassen. Wir gaben ihr neben den gewohnten Körnern in Milch geweichtes Vollkornbrot, frischen Salat und zarte kleine Karotten, die alljährlich von den Vögeln an allen möglichen und unmöglichen Stellen meines Gartens ausgesät wurden. Davon liebte sie besonders das frische, ganz junge Grün, das wir noch mit Wasser besprengten.

David war in diesen Tagen gesprächiger als je vorher. Wir hatten ja auch durch Nasty dauernd ein Thema, das uns beiden wichtig war. Wie in anderen Ferien spielten wir aber auch Gesellschaftsspiele miteinander, lasen entweder zusammen oder jeder für sich allein. David nahm ein paar Tennisstunden und wir sahen eine schöne Schülervorstellung von Camelot in unserer benachbarten Oberschule. Es waren friedliche Tage mit schöner Verbundenheit.

Am sechzehnten Tag ging ich in aller Morgenfrühe schnell einmal an Nastys Käfig. Sie lag schlafend auf ihrem ordentlichen Nest, wachte zwar sofort auf mit ihrem außerordentlich feinen Gehör, kam aber nicht ans Gitter, um Futter zu erbetteln, sondern rollte sich zusammen und schien gleich wieder einzuschlafen. Da ging auch ich in mein Bett zurück. Eine Stunde später weckte mich David: »Komm schnell, Oma, Nasty kriegt ihre Kinder. Ein paar sind schon da.« Und wahrhaftig, da waren sie, ein Gewimmel von häßlichen, nackten, rosa Würmern, die sich, blind und taub, wie sie waren, schon auf die Milchquellen der Mutter gestürzt hatten, denen man kaum eine Schwellung ansah. Die Milch schien aber genügend zu fließen, denn noch während wir dastanden, fiel ein Säugling nach dem anderen ab wie ein vollgesaugter Blutegel und schlief ein. David zählte, es waren acht Hamsterkinder. Er hatte zugesehen, wie eins nach dem anderen in schneller Folge ans Tageslicht kam, ohne daß die Mutter sich sehr zu plagen schien; wie Nasty die Nabelschnur durchbiß und die Kleinen trockenleckte. Da David meinte, das gehe noch eine Weile so weiter, lief er schnell, mich zu holen. Da standen wir nun, der junge Enkel und die alte Großmutter und wechselten einen Blick reinster Freude über das Ereignis, das wir da miterleben durften. Acht Hamsterkinder! Wo hatte die kleine Mutter sie bloß untergebracht gehabt? Das alles erinnerte mich an die Doggengeburten und an die gemeinsamen Nachtwachen, die Ben und ich da bei unserer Cosi hielten –, vor langer, langer Zeit. Es schien fast, als wäre es in einem anderen Leben gewesen.

Noch am selben Tag mußten natürlich Eltern und Brüder in Oxnard angerufen werden und alles genau mitgeteilt bekommen.

Der Rest der Osterferien, die in den Vereinigten Staaten nur eine Woche dauern, wurde mit der Beobachtung der Hamsterfamilie zugebracht. Jeden Tag einmal brachte David Hamster père an den Käfig, denn schließlich hatte der doch ein Recht darauf, in Augenschein zu nehmen, woran er so maßgebend beteiligt war. Aber die Kinderstube interessierte ihn nicht und vielleicht fürchtete er auch den Zorn Nastys, die sofort kampfbereit ans Gitter kam. Hamster kletterte lieber schnell wieder in Davids Brusttasche zurück, wo er sich sicher fühlte.

Nasty war eine so besorgte, liebevolle Mutter, daß ich geneigt war, sie wieder Goldi zu nennen. Sie fraß und hamsterte eifriger denn je, fütterte geduldig die verfressenen Würmer, für die es in den ersten Lebenstagen nichts als saugen und schlafen gab. Tagsüber, wenn die Sonne zum Fenster hereinschien, wurden sie nur leicht zugedeckt. Nachts, wenn der kalte Nebel aufstieg, häufte Nasty solche Mengen von Papierstückchen über sie, daß man fürchten mußte, sie würden erstikken. Aber offenbar wußte die Mutter genau, was für ihre Brut das Richtige war. Die tägliche Windelwäsche und der Windelwechsel, diese Mühsal menschlicher Mütter, belastete Nasty nicht. Wie hätte sie das auch schaffen sollen bei acht Kindern! Sie übte das allen Säugetieren geläufige Verfahren, die Jungen sauber abzulecken, so oft es nötig war. Dabei wurden sie energisch um und um gedreht. Ihr ärgerliches Quietschen beachtete die Mutter nicht.

Als am Ostersonntag die Oxnarder Familie kam, um David und Hamster wieder abzuholen, wurden erst Ostereier gesucht. David und ich hatten sie in der Nähe von Nastys Käfig bunt gefärbt. Aber selbst das konnte nur vorübergehend von der Wichtigkeit der Hamsterkinderstube ablenken. Immer wieder mußte auch Alan auf die Fußbank steigen und in das Nest schauen.

Ich blieb nun fast drei Wochen allein mit der jungen Familie. Die Tiere wuchsen so schnell, daß man fast dabeistehen und zuschauen konnte. Und leider tat ich das auch viel öfter, als es meine liegengebliebene Arbeit zuließ. Ich hatte ja den Buben auch versprochen, ihnen alles genau zu schildern. Als die Jungen zwölf Tage alt waren, fing das Fellchen zu sprießen an, nicht bräunlich, wie es im Buche hieß, sondern sofort platinblond. Am sechzehnten Tag öffnete der erste die Augen, natürlich derjenige der Geschwister, der auch als erster, noch blind und taub, aus dem Nest gekrochen war, um die Umgebung zu erforschen. Ich nannte ihn Smarty. Die Mutter packte den Ausreißer im Nacken oder an einem Bein und *warf* ihn geradezu ins Nest zurück, wo er anfing, sich mit den Geschwistern zu balgen und zu beißen. Als alle die Augen geöffnet hatten, gab es kein Halten mehr, wie sehr sich Nasty auch bemühte, die Bande im Nest zu halten. Oft versuchte sie, ein ganzes Kind in ihren Hamstertaschen unterzubringen, wo aber nicht Platz genug war, so daß mindestens zwei Beine oder ein laut protestierender Kopf zu ihrem Maul heraushingen. Smarty, der frühreife Sohn, war es auch, der als erster das Rädchen benutzte, so geschickt wie ein alter, erfahrener Hamster. Nun gab es die Mama auf, ihn immer wieder in die Kinderstube zurückzuschleppen. Er und die Geschwister saugten zwar noch mit unverminderter Gefräßigkeit an ihr, aber sagen ließen sie sich nichts mehr. Bald fingen sie an, vom Futter der Mutter zu naschen, hielten manierlich Sonnenblumenkerne zwischen den winzigen Pfoten und knabberten daran, nahmen auch Futter aus meiner Hand und vertilgten alles, was ihnen vor die Nase kam. Nasty warf selbstlos alles Futter ins Nest über die Kinder hin, ehe sie sich etwas gönnte – Salatstückchen, Karottenscheiben, Körner, Haferflocken, was immer ihr geboten wurde. Bei dieser furiosen Nahrungsaufnahme der Hamsterchen nahm auch das Gegenteil solche Dimensionen an, daß ich täglich den Käfig säubern, man kann schon sagen ausmisten mußte. Sonst hätte es bei mir gerochen wie bei einer jener hessischen Bäuerinnen, wenn sie ein schwächliches junges Ferkel in ihre Küche nehmen, um es mit der Flasche großzuziehen. Wie war das doch, was man mir versichert hatte: Hamster machen überhaupt keine Arbeit?

Schließlich kam der Sonntag, an dem die Oxnarder Familie die Hamsterfamilie bei mir abholte. Ich ließ mir gern von den Enkeln bestätigen, daß sie mit dem Resultat meiner Bemühungen zufrieden waren. Sie verstiegen sich sogar zu dem hohen Lob, sie wüßten keine andere Großmutter, die das alles so tadellos hingebracht hätte. Norman strahlte, nachdem er sich, wie vorauszusehen, Smarty als Lebensgefährten gewählt hatte, den mit dem höchsten Intelligenzgrad.

Endlich konnte ich nun wieder an den vernachlässigten Schreibtisch zurückkehren. Ich hätte Befriedigung darüber empfinden sollen, aber mein Haus kam mir auf einmal so merkwürdig leer vor. Eine befreundete Malerin hatte mir ein hübsches Bildchen von der Hamsterfamilie gemalt, das ich nun oft nachdenklich ansah. Die anmutigen Tierchen hatten ein paar Wochen lang mein Leben ausgefüllt. Ich hatte viel von ihnen und über sie gelernt, hatte die Freude der Enkel geteilt, und letzten Endes konnte man das alles doch nicht als verlorene Zeit bezeichnen. Es ist ja keine Zeit verloren, in der man einmal ganz aus dem gewohnten Tageslauf herausgerissen wird, um etwas Neues zu unternehmen. Dabei erfährt man, daß man nie zu alt ist, über Wunder zu staunen.

Was die Enkel betrifft, so werden sich bestimmt die beiden Großen, vielleicht selbst der kleine Alan, in zwanzig oder dreißig Jahren, wenn sie selbst Kinder haben, an unsere gemeinsame Hamsterzucht erinnern und dabei auch an mich, die dann längst nicht mehr da sein wird.